大人になるヒント

中沢けい

メディアパル

「大人になるヒント」目次

SHR

大人になるということ

大人になるヒント

イラストレーション　矢野信一郎
ブックデザイン　鈴木成一デザイン室

ショートホームルーム
SHR

中学という時代

中学時代って、輝《かがや》きたいのね、きっと！　そう思いながら見てた。私は人間関係に乗り遅《おく》れちゃった感があるんだけど、周りのみんなは、これはカッコいいだろうとか、これなら上に立てるとかって、やってた気がする。

（アキ）

世界に違和感《いわかん》を感じたとき

この本は最初に中学生向けに何かお話しできませんか？ということで始まりました。中学生に向けてといっても、私が中学校に通っていたのはもう三十年以上も昔のことになります。同じ中学校で机を並べて勉強した友だちの中には、孫ができたと喜んでいる人もいるくらいです。それどころか、すでにこの世にいない同級生も何人かいます。私の子どもたちが中学生だったのも、十年前のことになります。そして十年の間だけでも世の中はめまぐるしく変化しました。いったい何を言ったらいいのか、とちょっと困ってしまいました。

めまぐるしい変化の中に身を置くのは中学生だけではありません。生まれたての赤ちゃんも、とても年老いたおじいさん、おばあさんも同じように変化する世の中で一緒《いっしょ》に生きています。しかし、自分の生きている世界というものに気づくのは中学生くらいの年齢《ねんれい》のときでしょう。そこで中学生の頃《ころ》を「世界と出会う時代」というふうに考えてみることにしました。どんなふうに人は自分の生きている世界と出会うのか？　そんなことを考えてみました。

小学生くらいまでは世界は自然に自分の周囲にあって、自分を包んでくれています。両親も含《ふく》めていろいろな人がちゃんと面倒《めんどう》をみてくれているというのが子ども時代です。中学生はその子ども時代が終わろうとしていることをひしひしと感じ始める頃でしょう。いろいろなものが見え始めてくる驚《おどろ》きと戸惑《とまど》いに満ちたときです。自分自身と、自分の周囲の世界との関《かか》わりを考え始める、はじめての時期でしょう。そんなふうに考えてみると、中学生について考えるということは、どんなふうに世界と出会ったかを考えてみることだと思いました。

世界との出会い方は人によってそれぞれでしょう。世界との出会い方が、その人の個性や人格をつくり出していくのかもしれません。その出会い方には善《よ》し悪《あ》しというものはなく、それぞれの人が持っている環境《かんきょう》や運命がそれを決めているのだと思います。この本では、法政《ほうせい》大学文学部と日本大学藝術《げいじゅつ》学部の中沢《なかざわ》ゼミのみなさんに協力してもらうことにしました。二〇〇五年度、二〇〇六年度卒業生のみなさんです。大学を卒業する年頃になると中学生の頃はくっきりとした印象を結んでいます。実際に中学生だったときよりもずっと中学生であった頃、つまり世界と出会った頃の自分のことがわかるようになっているものです。また今現在、中学生である人とも感覚的につながっているところも多いだろうと思いました。

私自身の中学時代のことも話してみようと考えました。私がどうやって世界と出会ったかという話です。とはいえ、私にとっては中学時代は言うなれば谷間の時代で、実はあまり思い出すこともないのです。思い出してもそれほど愉快《ゆかい》だったとか、痛快だったという思い出はありません。だから「谷間の時代」です。それでも私はこの本をつくることを通じて「谷間の時代」にも谷間の豊かさがあるのだなと実感しました。

私の場合を言えば、世界と出会ったのは、中学生になるよりもすこし早くて小学校五年生だったと思います。五年生の夏の終わりに父を亡《な》くしました。否応《いやおう》なく、この世に生まれてきた人間はみんないずれ死んでいくのだということを、肉親の亡骸《なきがら》の感触《かんしょく》として知ったのです。生きとし生けるものは、みな死んでいく宿命を持っている、なんて言葉は知らない年頃ですけど、そういう実感は十歳《さい》のときのほうが深かったかもしれません。このごろでは、もうすぐ五十年も生きていることになるのだから（二〇〇九年には五十歳になります）、たぶんそんなに簡単に死なないだろうと平気でいられるようになりました。私が「世界」と言ったのは地球とか宇宙というような空間としてイメージされるものだけではなく、自分が生まれてから死ぬまでの時間とか、もっと極端《きょくたん》に言えば自分の死んでしまったあとに流れる時間のようなものも、「世界」という言葉の意味の中に含めています。十人十色《といろ》と言いますけど、十人の人がいれば十人の世界があるというわけです。

十人十色と言ってしまえば簡単ですけど、最初に私と隣《となり》にいる人の世界は違《ちが》うと気づいたときは、すごい違和感がありました。だってそれまではみんな同じ世界に住んでいると信じていたというよりも、世界なんてことは考えてもみたことがなかったのですから。

それ以来、違和感を感じ続けていますよ。今だって、隣に自分と違う世界を持っている人がいると嫌《いや》だなと思うような気難しい自分が心の中にうろうろしているのに気づくときがありますから。そういう気難しいところは中学生のときとあまり変わりがないかもしれません。ただ、隠《かく》すのがうまくなったの（笑）。うまくなったと思いたい。でも学生には「先生、怖《こわ》い顔してますよ」って言われて、ちゃんと隠せてないときもあります（笑）。

私だけではなく誰《だれ》でも、他人と自分の間に違和感を感じているのではないでしょうか。違和感を感じるということは、自分と他人の間にある境界がわかるということだし、自分の存在を客観的に見ているということにもつながります。それでその違和感をどう取《と》り扱《あつか》うかと研究することが大人になるということになるのでしょう。

自分が見える。周りが見えてしまうとき

中学生のとき、いちばん興味を持つのは自分のこととそれから異性のことでしょう。異性のことはさておくとして（なんでさておくのか？と言われても困りますが、考えると頭がこんがらがっちゃうからと言っておきます。それにこの時期の異性、つまり私から見れば男性とい

うことになるのですが、これがよくわからないのです。もちろん同級生の男友だちもいますし、息子《むすこ》も育てましたけど、なんだか不可解なままです）、自分に興味を持つのはまったくおかしなことではないし、この時期――といっても、人生のうちのほんの数年のことなんです――に自分自身に興味を持っておかないと、あとになって自分のことに没頭《ぼっとう》できる時期って、なかなかないんです。大人になって過剰《かじょう》に自分に興味がある人とは、ちょっと付き合えないなぁって思うこともありますから。

自分だけを見ていて、自己中心的になっていて、人には迷惑《めいわく》なこともあるけれど、「私が世界だ」っていうような感覚があるのは、ある意味ではよいことでしょう。世界は私を中心に回っていて、私がいなくなれば世界もなくなる、くらいの勢いだってあります。考え方や感じ方がどんどん変わっていく時期でもあるし、自分の感覚もどんどん敏感《びんかん》になっていきます。それで新しい自分を発見してたんだなと、今になって思い返すとそんな感じがしてきました。谷間を遠く離《はな》れて谷間の百合《ゆり》を思い出しているみたいな感じです。だから現役バリバリの中学生にはきれいごとを言っているみたいに聞こえるかもしれませんね（笑）。

あるときぱっと、自分がここにいるっていうことが、客観的に見える瞬間《しゅんかん》が中学生の頃にはあったように思うんです。たとえて言えば、それこそ小さな子がお菓子《かし》をつまみ食いしていて、そうっとそうっと歩いている。周りからはまる見えなんですが、当人は見えてないつもりでいる。それがある瞬間に見られていることにハッと気がついて、びっくりしている（笑）。あんな感じです。あれは、自分が何をしているかが見える瞬間なんです。

見えてしまうってことは、怖いことなんです。恐怖《きょうふ》と言うと大げさかもしれないけれど、ハッと気がついたときの、怖さですね。ドキッとする感じ。中学生くらいになって、自分と他人との違いに気がついて、周囲にはいろんな人がいて、いろんな世界があったんだ……と気がつく。気がついた瞬間、人は「怖い」と感じているように思うんです。「怖い！」って叫《さけ》ぶ人もいれば、口がきけなくてじっとしていたり、何があったんだ……って考え込《こ》む人もいます。私の場合は驚いたと同時に腹を立てるっていうタイプだったかな（笑）。あ、三歳くらいから驚くと怒《おこ》りだすって性質があったみたいです。母がそう言っていました。今ですか？ 今も予想以上に驚くとむやみに怒りだしますよ。だからあんまり驚かさないでください。噛《か》みついたりしますから。

怖さにどう反応するかっていうところには個性が出ます。そして、みんなが同じ反応をしないっていうことが、人間社会には大事なことなんです。多様な反応によってお互《たが》いが助けられているんです。みんな同じように怒りだしたら危険でしょう。地震《じしん》のときにね、みんながいっせいに同じように反応していたら、大変なことになってしまうというのは、容易に想像できるんじゃないかしら。怖さにどう対応するかによってその人の人格みたいなものも培《つちか》われていくんじゃないでしょうか。世界の中での自分の存在に、家庭の事情やなにかの拍子《ひょうし》に小学生くらいで早くに気がつく人もいますし、大学生になってから気がついてびっくりはしても、もう中学生みたいに驚いてバタバタするわけにいかなくて、唖然《あぜん》としている人もいます。この自分の存在に気づく怖さは誰でも感じるものだと思います。あんまり意識しない人もいるでしょうけれども、逆にあまりにも怖すぎて怯《おび》えてしまう人もいるでしょう。怯えているからといって助けてあげることはできないんです。自分で、嵐《あらし》の中を突《つ》き進《すす》むように、くぐっていかなきゃならないようにできているんでしょう。

考えるということ

中学生のとき、私を悩《なや》ませたことと言えば、昼間見たものを夜寝《ね》る前に思い出して眠《ねむ》れなくなるということでした。夜、布団《ふとん》の中で目をつぶると、映写機を回すようにその日のことをつぶさに思い出すことができて、ついでに、クローズアップもできちゃうんです（笑）。学校で先生が、ほかの子のことを怒っていたときの顔や言葉なんかを完璧《かんぺき》に思い出して「あ、怖い」と思ってすっかり目がさえたなんてことがありました。なんであんなにいろんなものを鮮明《せんめい》に覚えていたのかな。

眠れない夜は、中学くらいから増えていって、高校に入ってからはうなぎのぼりに数が増えていくんです。いったいこの先どうなるんだろうと心配になるくらいでした。

あんなに眠れないなんていうのは、ものすごい心配ごとがあったり、ものすごい人生の岐路《きろ》にさしかかっているとか、そういう事情でもないかぎり、思春期の頃くらいだと思います。わけもなく夜中に目をらんらんと輝《かがや》かせているっていうのは、ホルモンバランスの問題だとか、興奮しやすくなるとか、そういう説明はできると思うんですよ。でも、大人になる手前のところで、いろいろ考えさせるようにできているんじゃないかな、人間の身体《からだ》は。夢の中で考えたってよさそうなものなのに、夜に一人で眠れずに考えるようになっている。徹夜《てつや》で考えられるし、眠くなってフラフラになってもまだ考え続けられるんです。考え過ぎるのは、体力があり余っている時期なんだから、どうしようもないんでしょうね。

結局、そういうときって幸せだったのかもしれません。


考えたり感じたりすることを知り始めるのも中学生の頃だと思います。頭を使うことの魅力《みりょく》を知り始めるんですね。すでに大人になっている私の中では、もう答えが出てしまっている問題もあれば、そうでないものもあります。答えが出てしまうというのは、いいことばかりではないんです。答えが出てしまうと、もうそれ以上考えなくなってしまうでしょう。だから、新しい答えとか、別の答えなんてものはすこしも出てこなくなってしまうおそれがあるんです。

答えを出すのが大切なのではなくて、考えるプロセスが大切なんです。考えていくプロセスの中で、その人の価値観というものができてくるのですね。ほかの人が持っている価値観とは違う価値観を生んでいくんです。ですから、答えを導き出すために、ちょっと真剣《しんけん》に考えてみることの大切さを、知っていただきたいのです。

問題にぶつかって悩むときというのは、けっして愉快な時間ではありません。苦しかったり、不快でさえあります。その不快な時間をどう過ごすか。私は悩んだときにはなるべく愉快な時間を持つことを工夫するようになりました。悩んで不愉快になるより悩まないで遊んでいたほうがいい、というような二択《にたく》の考え方ではなく、悩むために遊ぶというような発想です。あ、中学生のときにそう思ったわけじゃありません。中学生のときは悩みに没頭してました。褒《ほ》められた話じゃありません。わき目もふらず、よそ見もせず、自分自身の悩みに没頭して、はた迷惑でした。はた迷惑を減らすためにも、自分が不快にならないために、何をしたらいいんだろうかと考えてみるのもいいと思います。

眠れなかった当時、ラジオの深夜放送を聴《き》いていると、遠くから人の声が聞こえてくるのが心地《ここち》よかったのを覚えています。近くだと不愉快なのに、遠くだと愉快だというのが不思議でした。世界中に何人くらい夜の間、起きている人がいるのかな、これを考えていたら眠れるかもしれないぞってね。羊の代わりですね。でも想像力を膨《ふく》らませているうちにまた眠れなくなっちゃうんです（笑）。

自分を愉快にさせておく手をいくつか覚えながら、同時に「悩む」ということができるほうが、ずっといいと思います。そういうことって誰でもなんとなく工夫しているんでしょうね。

成長と魂《たましい》――二つのあり方

この本をつくるときにずっと注意していたことがひとつあります。それは「成長」っていう考え方にとらわれ過ぎないようにするってことです。ゼミの卒業生のみなさんの話を聞くときにもなるべく「成長」という考え方にとらわれないようにしていました。

一般的《いっぱんてき》には中学時代は心身ともに成長著しい時期であると言われています。成長することに対する期待もあれば、成長することを楽しいと感じることもあると思うんですが、「成長」という方向からばかり見ると、息苦しいんじゃないかなと、このごろ思うようになりましたから。

「成長」って考え方は早く役に立ってほしいとか、早く立派になってほしいといった期待がどうしても膨らんでしまうんです。だけど大人になってみると、「三つ子《みご》の魂百まで」という言葉が表しているように、まったく変わっていない部分もいっぱい発見します。他人に対して気難しい自分が心の中をうろついているのを見つけたりして。だから、まったく成長しない、変わらない部分も、自分自身の中にはあります。

「三つ子の魂百まで」の「魂」って言葉は最近、あまり聞かなくなりましたけど、魂は赤ん坊《あかぼう》でも生まれたときから持っているし、大人も老人も、みんな持っている。みんな、ひとつずつ持っているんです。身体は赤ん坊から大人へと成長していくけど、魂のほうは最初から完全なものを持っているらしいです。だから「三つ子の魂百まで」なのでしょう。

魂はいろんな経験をして傷ついたり弱ったりする。だけど、いつかまた元の姿に戻《もど》っていく。そういうイメージがあります。私が中学生だった頃には、「魂の遍歴《へんれき》」っていう言葉をよく聞きました。今は魂なんて、非科学的で迷信《めいしん》めいているというので、いつのまにか日本語の中から消されちゃいそうになっていますね（笑）。魂の面白いところは、人間ばかりじゃなくて「一寸《いっすん》の虫にも五分《ごぶ》の魂」っていう言葉があるように、虫にもあるし、時にはお椀《わん》や針のような日常に使う道具などにも魂がこもっているっていう言い方をするときがあります。みんな、人間以外も魂を持っているんですね（笑）。魂というものは、それを持っている存在に敬意を示すことを要求するようです。

「成長」という考え方に偏《かたよ》り過ぎてしまうと、なんだか役に立たないものは要《い》らないというような功利主義というのかな、そんな感じ方に走りそうな気がしてしまいます。だから、ゼミの卒業生のみなさんの話を聞くときも、「成長」よりも、どんな「魂」があったのかなという気持ちで聞くように注意しました。

誰もが魂という尊重されるべきものを持っているんだということは、頭の片隅《かたすみ》に置いておくようにしました。それからこの本には決まった解答はないから、タイトルを「大人になるヒント」にしました。大人になりたい人も大人になりたくない人も、もう大人になっちゃった人も読んでみてください。私は早く大人になりたいと願っていた中学生でした。今はおばあさんは素敵だと思っているけれども、なかなかおばあさんになれないなあ、と思っているおばさんです。

1 時間目

「自分」の時間

男は自分を意識し始めて、カッコつけたがる年代だと思う。オレもものすごいカッコつけマンだった。オレは、小学校五年から周りの視線を意識し始めた。でも周りも「コイツ、カッコつけやがって」って思っただろうなっていうのは、中学一年ですね。小学校で丸坊主《まるぼうず》だったヤツが、中学に入って髪《かみ》の毛《け》伸《の》ばしてセンター分けにしてみたりするんだから……。今思うとおかしいけど、そのときはカッコいい、みたいなのがあったんだよ。だから、自分の思っていることよりも、もうすこし先に手を伸ばしてみたらいいんじゃないかなと思う。オレは今二十三歳《さい》だけど、中学を振《ふ》り返《かえ》ったときに思い出すのは、やっぱ無理してやったことだから。

（信秀）

学生が語る❶

自分の場所を得るために

キャラクター命!

呉島乱　オレはね、中学に入る前にある計画を練ってたんです。なんでかというと、小学校の頃《ころ》、あんまり友だちがいなくて、クラスの中でよくない位置だったんだよね。だから、女子とも口がきけなくて。小中高ずっとそうだけど、クラスで幅利《はばき》かせてるヤツって、スポーツができるヤツか面白いヤツじゃない。でも、オレは、そのどっちにもなりたくなかった。腕力《わんりょく》もないし。じゃあ、何でいこうかオレはと。で、「あぁ、そうだ! 中学校といえば、性的なことに興味を持つ時期だ、これで、のしていこう!」って。

それで、入学式のあと二日目に、友だちを周りに寄せて、知識をひけらかしたんです。本、めっちゃ見て勉強して。「おい、おまえセックスって知ってるか?」みたいな。オレは、オフィシャルでは中一で童貞《どうてい》を捨てたことになってましたから(笑)。

メガネ　中学一年だろ?

呉島乱　そう。だからもう「おぉ〜!」だよ。「コイツ〜!」みたいな。だから、いろいろ聞きたい子はオレのところに相談に来ると。「彼女《かのじょ》ができてもう一ヵ月くらいなんだけど、そろそろかなぁ」みたいなことを聞いてくるんだよね。ほんとうは付き合ったことがないから、わかんないんだけど、適当に「一ヵ月じゃまだ早いよ」みたいな話をして。でも、話を聞くと、みんないろいろやってるね、中学生って! 「えっ⁉ もうキスなんかしてんの、コイツ！」みたいな。でもオレはオフィシャルでは童貞じゃないことになってるから、「あぁ、まぁキスくらいはしとけよ、オマエ」なんて言ったりして。（一同　爆笑《ばくしょう》）

メガネ　僕《ぼく》はね、中学三年間を自分で〝勘違《かんちが》い時代〟って呼んでるんです。すごい調子に乗ってました。むちゃくちゃ楽しかったんですよ、勘違いしてるから。自分はカッコいいと思ってたし、面白いし、勉強もそこそこできるし、って。すごく嫌《いや》なヤツだった。周りから見たら「なんだ、コイツ」「わ、キモ」っていう対象だったかもしれないと思う。今、当時の自分に会えるなら、殴《なぐ》って正座させて説教したいくらい、思い返すとすごい嫌な自分がいるんです。それでも、中学時代は毎日が楽しかったんだよね。

モリゾー　面白いと思われたいっていうのは、ありましたね。人を褒《ほ》める要素っていろいろあると思うんだけど、頭がいいとかは、かえって突出《とっしゅつ》したくないですよね。そんなに突出しないですけど、オレの場合（笑）。でも、みんな、そう思ってたと思う、「面白いと思われたい」って。

信秀　そうだよね、中学くらいのときって、いかに自分がいいポジションに立てるかが、すごく重要な要素だったよね。オレは昔、埼玉《さいたま》に住んでてサッカーをやってたんだけど、埼玉って、サッカーをやってるっていうだけで目立つ存在になれた。そのあと群馬《ぐんま》に引《ひ》っ越《こ》したんです。で、群馬では何がカッコいいかっていうと、自転車だったら、カマキリみたいにハンドルを高くするとか、そういうちょっと悪いことをすること。で、自分はどうしたらここで楽しく過ごせるかな、と考えたときに、やっぱそういう悪いグループに入るのがいちばんいいなと思って。

どれだけ面白いことをするか、どれくらい悪ふざけをするか、みたいなことを競《きそ》い合《あ》うようなグループなんですよ。部活をサボってゲーセンに行ったり、酒飲んだり。あと、裸《はだか》になって川で泳いでたらよその中学の女の子に通報されたとか（笑）。でも、それがまた教室に戻《もど》るとネタになって、人気者になれるみたいなのがあるんだよね。

恋もキャラ優先！

呉島乱　中一で童貞を捨てたことになってたオレがね、そういうキャラなのに、中二のときに好きな子ができたんですよね。でも、恥《は》ずかしくて「おはよう」も言えない……。

オレはいつもその子が通る道に五分前に行って、毎日その子が来るまで、ずーっと水を飲んでるわけ。で、オレだって気づいてもらえるように、自分らしいしぐさで水を飲まなきゃって思って、体を斜《なな》めにひねりながら首を二回振《ふ》って。それを繰《く》り返《かえ》してたら、その子も気づいてくれて、「おはよう」って声をかけてくれるようになったんです。でも、そんなオレの行動をじっと見ていたヤツがいて、「あいつは、おかしい」みたいな話になって。それから、あんまり、みんながオレのところに相談しに来なくなった（笑）。

信秀　オレも、いつも仲間と悪ふざけばっかりやっていた自分に違和感《いわかん》を感じだしたのが、中学二年のときで。やっぱ、好きな女の子ができて。初恋《はつこい》だからね！　女の子に「掃除《そうじ》してよ」って言われても「何言ってんだ、バ～カ」みたいな、いつもそんな態度だったわけだから、まさか仲間に「恋してる」なんて言えねぇしな……みたいなのもあるし。でも、仲がいいヤツらとはクラスが違《ちが》ったので、教室にいるときは、一所懸命《いっしょけんめい》その子と仲良くしようとがんばってたんだよね。一緒《いっしょ》に帰ろうとしたり、朝早めに学校に行って、ベランダからその子が通るのを見て「おはよう！」って言ったり。

その子とはすでに仲が良くて。席が隣《となり》だったから、ふつうに軽口たたける仲だったんだよね。でも、三年になってクラスが分かれたんだけど、あるとき廊下《ろうか》ですれ違ったときに「今度の日曜日、遊びに行かない？」って誘《さそ》われたんですよ。でも、廊下だから、みんながすっごい見てるわけですよ。もう、興味津々《きょうみしんしん》だよね。でも、オレの立場だと、そこで「うん、いいよ」って受けるわけにはいかないわけ。悪いキャラだからね。で、「おめぇと遊んでる時間なんかねぇよ、バカ」って言っちゃったんですよ。オレは、「遊びに行こうよ」「うん、映画でも行こうか」なんて、そんなさわやかなキャラじゃないんだよ。

ジャック　仮に、もし誘われたのが二人っきりのときだったら、OKしてた？

信秀　してた。だから、その子もバカなの！　廊下なんかで、みんなの前で！　一瞬《いっしゅん》考えたんだよ、これはチャンスだぞって。だけど、周りの目のほうが気になってしまって。

ポジション転落の恐怖

――自分のポジションとかキャラって、そんなに気にするものなの？

メガネ　そうですね。いじめっ子、いじめられっ子だってポジションだから。何かのきっかけで変わるかもしれないし、いつそれが起こるかわからない。いじめられっ子は、いつまでこれが続くのかって思うだろうし、いい位置にいる子は変わるのが怖《こわ》い。両方あるんですよね。変わる不安と、変わらない不安と。

僕の場合、中学は〝勘違い時代〟だったけど、高校に入ってからはその勘違いが解けた〝暗黒時代〟って呼んでますから（笑）。高校に入ると、自分を客観的に見つめる目が、ちょっと生まれてきたのかな。自分が思っていた自分と、他人から見た自分というのに、すごいギャップがあるってことに気づいたんですよ。それは、高校の修学旅行のとき、なんか自分が仲間はずれにされてるなっていう感じがして。それで同じ班の人に聞いたら、「ちょっと調子乗り過ぎ」「何やってんだか、わかんない」みたいなことを言われて、他人が見ている自分と自分が考えてた自分が違うんだってことを、目の前に突《つ》きつけられちゃった。もうボロ泣きですね。

信秀　オレたちの場合、悪いことやってなんぼのもん、だから、絶対に逃《に》げちゃいけない場面っていうのがあるんです。例えば、ヤキみたいなことですけど、それを逃げるヤツは男じゃないと。だけど、そこで逃げたり、キャラにそぐわない行為《こうい》をしたりすると、転落するわけですよ。

呉島乱　うちの学校には、ちょっとチンピラみたいなヤンキーがいて、いろんなヤツにちょっかい出して殴ったりしてて。でも、中にはおおっぴらには喧嘩《けんか》しないけど、実は強いヤツっているじゃん。そのヤンキーが、実は強いってヤツを殴っちゃって、殴られたヤツがいきなりキレて、ヤンキーをボコボコにしちゃったの。教室の真ん中で！　で、そのヤンキーは一気にヤンキーの地位から落っこっちゃった(笑)。ヤンキーって、サボってる分、強くなくちゃいけない、みたいなのなかった？　勉強とか学校行事はサボるけど、その分、喧嘩は強い。だからこそ存在意義があるのに。

信秀　どうだろう……オレはヤンキー寄りだったけど、実は学級委員なんかもやってたからね。（一同爆笑）

「孤独」の選択

――男の子の順位争いはかなり厳しかったみたいだけど、女の子のほうはどう？

はやさか　ポジションとかって、私は気にしなかったですね。ほんと、奔放《ほんぽう》な中学時代を送っていたから。

マリカ　私も、クラスより部活という感じだった。クラスのそういう細かいところを気にするというよりは、ほんとに自分がやりたくてやっていることをいかに極めるか、というほうに一所懸命だったかもしれない。

ジャック　私は一人でいるほうが好きで、中一くらいまでは周りも「一人がいいなら放っておくか」みたいな感じだったんだけど、三年になって急に状況《じょうきょう》が悪化したの。なんかの拍子《ひょうし》に無視されて。その頃一緒に給食を食べてたグループがいたんだけど、ある日、私だけ微妙《びみょう》に机が離《はな》されてるんだよね。「あれ、おかしいな」と思って、くっつけようとしたら、また離されて。で、一人で食べようと決意したんだけど、十五歳《さい》の女の子が、クラスで好きな者同士給食を食べていいって言われているのに一人で食べるっていうのは、わりとつらいの。何を食べてるかわからなくなるくらいに。結局別のグループが見かねて「一緒に食べる?」って誘ってくれて。それで救われはしたんだけど、私はそこにオマケでいるだけで、求められているわけじゃない、同情されているだけなんだと思って。

アキ　私はもともとグループには入んなかった。姉兄《きょうだい》が二人いて、末っ子だったからかな、周りがみんなガキに見えて。女の子はほんとうに汚《きた》いことするからね。グループなんかつくって順番にいじめていったり。この子好きだなとか、人間的にやさしい人とか、ほんとうにカッコいい不良とか、そういう人と個人的に仲良くなってた。でも、一人でいるのが好きだった。あんまり人のいない学校が好きなんだよね。バスケやってて、朝五時から朝練やってたから。ふつうの人は六時からだったんだけど、『スラムダンク』を読み過ぎてて、みんなが来る前にシュート、みたいな。

――話を聞いてると、男の子と女の子の住んでる世界が、同じ世界だとは思えないな……。

メガネ　男はキャラクターを意識する。

ジャック　女の子は、表面上は対等だけど、やっぱりリーダーみたいなのがいて、意思決定権がある。男の子がうらやましかった。いい意味でわかりやすかったから。

メガネ　でも、キャラはキャラでつらい。僕、今も八割がたキャラで動いてるもん。シラフじゃ本音とか言えない。

呉島乱　高校の友だちといるところを、中学の友だちに見られるのって、すごく嫌だった。中学と高校ではキャラが違うから。

信秀　それはある。東京と群馬では、東京にいるときのほうがしっかりしてるように見せてるから、あっちに行くとギャップがあったりする。

ナメんなよ!

モリゾー　中学のときって「バカにされたくない」「ナメられたくない」っていう気持ちがすごく強かった。そのためにも離れたところにポツンといて、周りが何を言っても気にしないというポジションよりは、つい周りを気にしながらやっていくっていうのがある。それに中学の先生も「子どもにナメられちゃいけない」って思っているのが生徒にもわかるくらいだった。だから、お互《たが》いにナメられないようにっていう攻防《こうぼう》があって、今思うとそういうのが面白かったのかなと思う。最初にナメられると、どこまでもナメられるんですよ。学校には行かなきゃならないから、逃げ場もないですし。だから、目立ちたいとか、自分がリーダーになりたいとまでは思ってなくても、最低限、ナメられたくはないという思いをみんな持っていたんじゃないかな。

ひまわり　私ね、すっごい怖い学級委員だったんですよ！

中学は、小学校からの持ち上がりだったから、みんな知り合いばかり。私は小学校でずっと学級委員をやってたから、中学になってからもすぐ学級委員に推薦《すいせん》されて。弁論大会も「◯◯さんを推薦します！」とか言われて。で、学校は荒《あ》れてるし、先生も手がつけられないみたいな感じで、クラスの不良たちは学級委員の私が抑《おさ》え込《こ》む役目なんです。ほんとうに不良たちと戦ってましたね。クラスにいじめられてる女の子がいて、ある日、男子が上履《うわば》き入れをその子に投げつけるという事件が起きたんです。これはいかん！と思って、その上履き入れを拾って、投げつけた男子に思い切りぶち当てたんですよ。「アンタ、やられてこんぐらい痛えって、わかっとんか⁉」って、方言でキレるわけですね（笑）。

みんなも私の性格を知ってるから、そういうことをして逆にいじめられるということはないんです。気合で勝ってるから！　学級会でもザワザワしていたら、教卓《きょうたく》をガンって蹴《け》ったら静かになって。もう、すごい怖いって不良の間でも有名で、「◯◯が来たぞ」って。でもほかの親には「なんであんなに怖いの？」って言われたり。怖くないと抑えられないんだよ、わかってないな！　って（笑）。先生だって私に頼《たよ》りきっちゃってて、面談のときなんかでもいろいろ相談したいのに「あなたは大丈夫《だいじょうぶ》よ」って。だから逆に不満がいっぱいでした。こんな学校一日も早く卒業してやる！　って。卒業して高校に行ったら、すべて解放されて、すごくラクになりました。

自分の居場所を見つけたとき

マリカ　私の場合、中学時代は、ほんとうに楽器との出会いのひと言に尽《つ》きますね。これからもずっと続けていきたいと思っています。好きなことを見つけられたのは、ほんとうによかったなと思ってるんです。

小学校五年生の頃から、クラスの子たちと折り合いが悪くなって。特に私が何かやったとかいうわけじゃないんですけど。テストでいい点を取ろうってがんばったり、作文や絵のコンテストに率先して応募《おうぼ》したり……優等生だったんですね。で、そういうことが気に食わない子がいたみたいで。モノがなくなったり、机に「バカ」って書かれたり、机の中にゴミが入っていたりして。そういう小学生っぽいいたずらなんだけど、私はなんかくだらないなと思っちゃったんです。勉強ができて何が悪いの？ 目立って何が悪いの？ って思って。私はやらなきゃいけないこと、やりたいことを、ただ一所懸命にやっているだけなのに、どうしてこんな思いをしなきゃいけないのか。で、ちょっとツンってしてしまったんですね（笑）。

近くの公立中学はとても荒れていて、こんなくだらない子たちとあんなに荒れてる中学に行っても、何もいいことない。まだ視野が狭《せま》いから、そう思い込んでしまったんですね。それで私立の中学を受けることにしたんです。その中学は、必ず部活に入れということだったので、たまたまクラスで仲の良くなった、小学校のときに楽器を吹《ふ》いていたという子と一緒に吹奏楽部《すいそうがく》を見学に行って、そのまま入部しました。それで太鼓《たいこ》をやることになって。最初は、どうやったらうまくなれるのか、先輩《せんぱい》・後輩の関係もうまくいくかどうかわからなくて、ひたすらバチを振り回していたんです。でも、二年生のとき吹奏楽部が八年ぶりにいい結果を出せて、自分はこの部でどれだけ伸《の》びることができるかな、と意識し始めたんですね。それまでは、小学五年生の頃の苦い思い出があるので、一人でも大丈夫だと思っていたんです。友だちなんて、多けりゃいいってものでもないでしょ、とひねていたし。

――ちょっとシニカルになっていた？

マリカ　はい、人とは距離《きょり》を置きたがりつつあったかなと思います。でも、吹奏楽って集団でやるものですよね。その中で喧嘩をしたりモメたり、怒《おこ》られて泣いたりして、こんなつらい思いをするくらいならやりたくないって弱気になったこともあったんですけど、なんだかんだ毎日そこに足が向いてしまうんです。そういう人の輪の中に自分がしっかりはまっているという実感を、その中二のときに、はっきりと得たんですよね。いてもいなくてもいい人間じゃないんだ、この団体の中で、機械にたとえたら、ひとつの部品として、ちゃんと機能している、自分もみんなが必要だし、みんなも自分のことを必要としているんだなと、すごく感じることができたんですね。今までは一人で大丈夫だと思っていたけど、人と一緒にいるって、いいことなんだなと思いました。

ジャック　私は高校に入って、ようやく学校の楽しさを知った気がする。はじめはふつうの都立高校に行こうと思っていたんだけど、人間関係がうまくいってなくてほんとうにつらい毎日だったから、このまま同じように高校に行ったら、たぶん私ダメになるだろうなと思って、いろいろ探したんです。そしたら都立の定時制高校で、高校を中退した人も受け入れるっていうところがあって。もしかしたらここだったら行けるかもしれないと思って、一人で学校見学に行ったんです。

結局その高校に入って、中学のずっと鬱々《うつうつ》としていた時間を取り戻せるくらいに楽しかった。無学年制で、授業も自分で決める、大学みたいなところだったんだけど、自分にはそういうところのほうがあってるんだなと思った。もしその高校がなかったら、私はずっと学校が嫌《きら》いなままだったと思うので、すごく感謝してます。

不登校時代

モリゾー　僕は中学三年の最初に兵庫県《ひょうご》から千葉《ちば》に引っ越したんですけど、その引っ越しは絶対に受け入れたくないことだったんです。どうしてそんなに執着《しゅうちゃく》していたのか、今思うと不思議なんですけど、ひとつは自分の通っていた中学が楽しかったことと、自分がすごくいい思いをしていたから、それを捨ててまた最初からやらなきゃならないってこと。もうひとつは、引っ越したくないと言ったときの周りの大人たちの対応が気に入らなかった。これは、受け入れてはいけないというのがあったんです。

新しい中学にも、最初の顔合わせくらいは行ったんだけど、すごくネガティブになっているので、ひとつひとつにムカついてしまう。例えば校長室で生年月日を聞かれて西暦《せいれき》で答えると「あ、西暦だって」ってなんかウケてしまって。もう、それだけでムカついて、「こっちの学校には行かないぞ」と思ってしまう。それまでクラスのいじめられてるヤツを蹴飛ばしてるほうだったんだけど、その不安な気持ちがすごくわかって。転校は何回かしたはずなのに、そのとき初めて転校生になった気がした。

転校二日目に音楽の授業で歌のテストがあったんです。前の学校の修学旅行に行くために転校を一週間遅《おく》らせてきたから、三年の授業がもう進んじゃってたんですね。僕はその歌のメロディは知ってたけど、男声のパートはちょっと違っていて、「歌えない、どうしよう」と思ってドキドキしていたら、僕の番になってサッと飛ばされたんですね。それで「あ、オレはもうこの学校に行かなくてもいい」と思った。オレがいなくても、彼らにはなんの迷惑《めいわく》もかけないと。それからはずっと行かなかったんです。

最初は「お腹《なか》が痛い」って仮病《けびょう》を使っていたんです。そのうち胃カメラを飲まされて。わかりますよね、さすがに。で、「なんで行かないんだ」って親に言われて、「オレは最初から行かないって言ってるんだし」って（笑）。

――フリースクールに行くと決めたのは、いつ頃？

モリゾー　もうちょっとあとです。わかってはいたんです、元の学校には戻れないことくらいは。でも、ここで新しい学校に行ったら負けだと思って。楽観的だったのかもしれないけど、高校には行くけど、今は休んでいるくらいの感覚で。でも、欠席期間が長くなってくると、だんだん不安になってきて体の具合も悪くなってくるんですね。まず、昼と夜が逆転するんです。親が起きていると喧嘩になるので、親が寝静《ねしず》まってから動きだす生活になって。最初は親も心配して病院に連れて行ったりしたんだけど、そのうちアプローチが減ってくる。なにがなんでも行けと言っていたのに、具合が悪いなら休んでおけばいい、とか。自傷《じしょう》行為なんてされると困るけど、そうでないならしょうがないわね、みたいな。そうなると、放っておかれるのが不安になって（笑）。

親がフリースクールの資料を持ってきたときも、最初は捨ててたんです。親の言うことなんか聞きたくないというのと、もうひとつは、自分も不登校なのに、不登校のヤツらが行くところに行ってどうすんだよ、みたいな。僕は前の学校ではすごくいい思いをしていたから、学校で楽しめないヤツは、それはどこか自分に問題があるからだろう、くらいに思っていたから、その当時は。自分が不登校にもかかわらず、不登校のヤツらと一緒にフリースクールへ行くなんて、考えられないと思って。

ところが、僕の行ったフリースクールは本を出していて、みんなでユーラシア大陸を横断したり、気球やソーラーカーをつくった話が書いてあるんです。みんなじゃなくて、そういう人もいるってだけなんですけどね。で、僕もここに行けばこういうふうになれると思ってしまったんです。実際、見学に行ってみたら、結構面白くて。高校進学するまでの数ヵ月だけ行くつもりだったのが、結局、高校三年間もそこで過ごすことになったんです。

キャラクターとほんとうの自分

見せ方の研究

今回の学生たちの話に、キャラづくりに励《はげ》んだ話がかなり出てきましたけれど、周囲にある程度安心して付き合ってもらうために、自分というものをどう見せたらいいのかを一所懸命《いっしょけんめい》に工夫しているなと感じました。でも、これってこの時期だからということではないんですよ。これからもずっと考えながら人と付き合っていかなくてはならないし、キャラはいやでも増えると言ってもいいかもしれません。時々卒業した学生が研究室に遊びに来てくれるのですが、そういうときには学生当時とあまり変わらないんですけど、電車の中で見かけたりすると、顔つきも物腰《ものごし》も違《ちが》っている。そういう切り替《きか》えというか、いろんな自分の手持ちのカードをつくる方法を勉強していく最初の段階が、中学の教室なのかもしれません。

私たちはみんな、いくつかのキャラクターを持っていて、使い分けているはずなんです。私だってこうして話しているときは作家であり大学の教員なんですが、子どもたちの前では母親であり、ご近所付き合いのときの顔も違っています。子どもの時分は、ずいぶん面倒《めんどう》くさい子で、大人の口真似《くちまね》をして、とんでもないことを時々ケロっと言っては、母親にガツンとやられることがありました。これは笑い話ですが、四つぐらいのときに「母はるすをしています」と家を訪ねてきた隣家《りんか》のお手伝いさんに言って、びっくりさせたことがあります。今でもふだんと違うキャラになって、周囲をびっくりさせるのが好きですが、友人から「トラブルのもとだから、やめなさい」ってよく叱《しか》られています。

中学から高校の頃《ころ》の私は、よく「怖《こわ》い」って言われました。べつにガン飛ばしていたわけじゃないですよ（笑）。わりと一人でいることが平気なタイプで、人にどう見られようと知ったことじゃないって、そういうキャラクターだったんですね。

インタビューなんかでよく「高校時代はモテたでしょう」って聞かれたんだけど、モテた記《き》憶《おく》がないって友だちに言ったら「だって怖かったもん」って言われて。それはモテないだろう（笑）。最近、知り合いの編集者とそんな冗談《じょうだん》を言っていたら、「今でも怖いよ」って言われて……結構ショックでした。

高校時代のあだ名は「百万馬力」。そういえば高校生の頃、時々下級生の女の子に追いかけられていました。バタバタって駆《か》け寄《よ》ってきて「会いたかったんです！」って言われたり、バレンタインデーにチョコを渡《わた》されて「誰《だれ》に渡すの？」って聞いたら、私を指さして「あげます」と言って駆け出していくの。今の女の子だったぞ？って。でも、女の子からチョコをもらったり、どこか頼《たよ》れるふうに見られている自分のキャラクターは結構気に入っていて、無理して重い荷物を持って腰《こし》を痛めたこともありました（笑）。

人間って、期待されるとそのキャラクターを演じようとするでしょ。ほんとうに期待されているときもあれば錯覚《さっかく》だったり、そこまでやらなくてもいいのに……ってこともあって。そのへんの微妙《びみょう》なところが人間の面白いところなんですね。

ある日、先生風のスーツを着るのは嫌《いや》だなっていう気分になったことがありました。「豹柄《ひょうがら》の服が着たい！」って家で叫《さけ》んだら、娘《むすめ》に「キャミソールにしておきなさい」って言われました。息子《むすこ》には、いっそ髪《かみ》を赤く染めたら、と言われましたが、それはやめました……。

キャラクターは演じるものとはいっても、自分の持っている性格の中から選んでいる、自分の中にあるものを組み合わせていくんです。使い分けるといっても、絶対向かないキャラクターってあると思うんです。「豹柄の服が着たい」というのもきっと何かバランスをとっておきたいっていう気持ちが現れたんだと思うんですけど。私の場合、気弱で、無口で、おしとやかなキャラクターで、って言われても……それは無理です。ないものは出せないし、つくったとしてもすぐにバレてしまいます。

今でも、時々デパートなんかの化粧品《けしょうひん》売り場を歩いていると、猛烈《もうれつ》に美しいキャラになってみたいという誘惑《ゆうわく》に駆られることがあるんですが、まぁ、そんな情熱はきっと続かないんだろうと思っています。私がもし女優さんだったり、バーのママさんだったら……と考えなくはないのですが、原稿《げんこう》を書くぞってパソコンのキーボードを叩《たた》く情熱のほうがずっと持ちやすいのです。

キャラクターは、身体《からだ》にまとっている衣装のようなものかもしれません。衣装といっても、身体がなければ着られないわけですから、その人の存在とまったく無関係というわけではないんです。しかし衣装のほうが目につきやすく、目立ちます。だから学生が「キャラ」という言葉で説明しようとしていたものは、そういう外側に向けた衣装をさしていたのだろうと思いながら聞いていました。

キャラクターは修正されていくもの

学生たちも言っていたけれど、キャラクターが自分の行動を制限することってありますよね。誰にでも自分を縛《しば》っているイメージがあるんです。縛るというと不自由な感じもするけれど、人って意外とそれがないと生きていけないんじゃないかと思うの。

ただ、それらのキャラクターもずっと同じままでいられるものでもなくて、やっぱりある時期にくると変更《へんこう》していかなくてはならない部分というのがたくさんあるんです。

自分が見せたいと思うものと見られているものとがズレることがあって、冗談がすべったり、友だちと噛《か》み合《あ》わなくて浮《う》いちゃったりする。だけど、そういう問題が起きることによって、ズレている部分の修正を要求されて、無意識だけれど一所懸命その修正要求に応《こた》えているんじゃないかなって思っています。

自分の中で常識だと思っていたことが、ただの思い込《こ》みに変わっていくときっていうのがあるんです。中学生にも中学生の常識があるでしょう。だけど中学生の常識がそのまま高校生の常識になるわけじゃなくて、高校生の常識がそのまま大学生の常識になるわけじゃない。節目節目で自分の持っている感覚の点検というのは、誰しも知らないうちにやっているはずです。

常識って、コモンセンスっていうでしょ。「市民的な感覚」、世間一般《せけんいっぱん》の感覚というふうに理解されているけれど、面白いのは、市民感覚は時代とともに変わっていくんです。今は電車に乗るのは当たり前の時代ですけど、走ったばかりの頃はみんな珍《めずら》しいと思ったんですからね。で、電車に乗るのが当たり前になると、電車に乗るときのマナーができてくる。そういうふうにできてくるのが常識だと思います。

もうひとつ、昔の人はうまく訳していて、このコモンセンスに「常知常識」って言葉をあてはめています。常知常識っていうのはもっと安定した、根本的な知恵みたいなイメージがあります。時代を超《こ》えて、変わらずに人が持っている知恵や感覚というのかな。具体的な何かではなくて、良心とか良識と呼んでいるようなものです。

私たちは、だいたいこの二つの常識という感覚の中をゆらぎながら生きているんです。

だけど人って期待されるとそのキャラクターを演じようとするでしょ。一歩間違えると人目やポジションのようなものばかりに気を取られて過剰《かじょう》に対応しようとして、一時的に自分を見失ったような気分になることがあります。私のところにもそういう学生がよくやってきます。人の期待に応えようとしすぎて自分が何をしたいのかわからなくなっちゃっているんです。

そんなときは「君はどうしたいんだ」って聞くんです。

自分自身のこと

自分がどうしたいのか、自分自身へ問いかけて答えを見出すってことは意外と難しいことなんです。

私が中学生の頃には、中学時代というのは〝自分の内面をつくっていく時代〟だと教わりました。「人間には内面生活というものがあって、その内面を深めていく時期だから、たくさん本を読んだりスポーツをしたりしましょう」というふうに。最近は、そういうことをあんまり言わなくなったのかな。小説を書いてきて感じる時代の雰囲気《ふんいき》の流れを紹介しながら、なぜ内面のことが積極的に語られなくなったのかお話ししてみましょう。

一九七〇年代終わりまでの学生たちは、みんな深刻な顔をして自分の内面の問題に向き合っていました。それは私を育ててくれた大人たちは戦争が終わって、一様に貧しくまた傷つきやすくなっていたことと関係があると思います。一方で言葉による新しい時代を築《きず》いていこうと熱狂的《ねっきょうてき》になっていましたから、内面の問題が興味を持って語られていたんです。それで、必要以上に深刻さを漂《ただよ》わせては人とぶつかって激しい喧嘩《けんか》をするなんてこともありました。

社会全体が豊かになっていく中で、類型的なものの見方が強くなって、みんな同じ生活をしなくちゃいけないとか、公平でなくちゃいけないとか、平等にしなくちゃいけないとか「〜しなければならない」という気分が強くなった時期がありました。その反動で、自分の本心、ほんとうの自分はどこか別のところにあるはずだと「自分探し」というテーマが突出《とっしゅつ》してきました。でも、必死になって自分を探していくことに、とうとうみんな疲《つか》れちゃったのかな、「これからはキャラクターで」っていうふうに百八十度転換《てんかん》しちゃったの。そして今、内面をあまり取り上げなくなっていると思うんですよ。私にはそんなふうに見えるのです。

中学時代は自分を取り巻く世界に気づく時代だという話をしましたが、人には簡単に触《さわ》らせたくない内面があるものだと気づくのも、中学生くらいだと思うんです。

学生たちを見ていると、絶対に人に触《ふ》れさせたくない、やわらかい繊細《せんさい》な部分をみんな持っているんだってことをよく承知していて、互《たが》いに距離《きょり》をとっているんだなって場面をよく見かけます。時には、自分を殺す形で望まないキャラクターを演じているってことも少なくないようですが、素《す》のままの自分でぶつかり合うよりも、キャラクターというワンクッションをおいて人と接しているんです。

みなさんはキャラクターとかポジションなんかを気にしながら、外との関係をとても大事にして、そんな中で、内面を育てているんだと思います。相手を傷つけないようにいろいろ言葉に配慮《はいりょ》したり、同じグループの中でも弱い人を守ったり味方しようとして、その方策を考えたりする日常の生活の中で、自分の内面もすこしずつつくり上げているんでしょう。

外側をつくれば、内面は勝手に入ってくると思っている。そういう手順なんです。だから一所懸命に外側をつくっているように見えるのでしょう。それが学生たちのキャラクター談義という形に現れているんじゃないかと思っています。

ただ次に、その内面を豊かにしようということになると、忘れていることがあるんじゃないかなと思います。

言葉を知らないと見えないものがある

言葉がつくる感情

いろいろなことを感じたり考えるという体験は、どんどん自分の中に蓄積《ちくせき》されていくと、自分の内面を豊かにしていきます。ただ、その内面にわき起こった感情は、一度形にして表現してみないと、残っていかないものなんです。感じたり考えていることを語る言葉が乏《とぼ》しいと、その感覚そのものもいつしか消えてしまうということさえあるんです。

例えば、人は何かを見るときに、言葉を知らないと見えないらしいっていうことが、小説を書きながらわかりました。これは美学の先生に教わった話なんですが、虹《にじ》って日本では七色だと言われています。あれ、民族によって五色だったり六色だったり、数え方が違うそうです。多いのは五色らしいんですが、私たち日本人は七色に見えている。虹は七色だと知っているから、そう見えているんです。言葉を知るって、何かが見えてくることなんです。

私の母は、怒《おこ》るととても怖かったんです。小学校で母の日の作文を書かされるでしょ。で、みんなはよく「お母さんは毎日おいしいご飯をつくってくれます」みたいなことを書いてくる。でも、私にとって「お母さん」というと、「怒る」っていうイメージが強くて、だけどまさか「母は鬼《おに》のように怖い」とは書けないし、かといって「お母さんはやさしい」とも書けない。学校からの帰り道で、なんか耳がかゆいと危険信号だ、みたいなジンクスがあって、「なんかかゆいぞ、何か怒られるのかな」っていろいろ思い出しながら帰るんです。昨日庭に掘《ほ》った落とし穴を埋《う》めるのを忘れたんじゃないかとか、畑のトマトを食べたことがバレたのかなとかね（笑）。それくらい怖かったの。それで、母の日の作文はいつも忘れました、とか適当なことを言って逃《のが》れていました。

母のことは怖かったけれど、嫌《きら》いではありませんでした。でも子ども心に「怖い」と書くと母が傷つくだろうということもわかるんです。もし「母の怖さはやさしさだ」っていう言い回しができたら、そういう見方もできただろうし、困らなかったんでしょうね。

言葉そのものを知るために、いくつかの道筋があります。

「茶碗《ちゃわん》という言葉を一回聞いたけど、どうも身の回りにはなかった……、これがそうだったんだな」という道筋と「これなんだかよくわかんなかったけど、人に聞いたらお茶碗っていうんだって、これがそうなんだな」という道筋があります。そのほかにもいろいろと言葉との出会い方はあります。大まかに二つに分けると、言葉を先に入れておくか、知っているものの言葉をあとから入れていくか。

どっちがいいのかという議論はさておき、言葉が見つかることと、見えてくるということは対《つい》になっている。言葉の表現が豊かになると、見え方が豊かになっていくんです。

意味やニュアンスはわからないけれど、言葉としては知っているというのは、器《うつわ》にたとえることができます。いつか感情がのっかる器としての言葉っていうのかな。言葉にできない気持ちっていうのは、もやもやむしゃくしゃしていても、いつか消えてしまうんだけど、言葉にできればその人の中で安定して残るんです。逆に言葉という器におさまると、感情が生まれるという言い方ができるかもしれません。器収集先行型のやり方は、ひとつの方法として知っておくと面白いと思います。

言葉を得るために

でも、そういう言葉って、日常生活の中だけでは得られないものなんです。

例えばファッションのような視覚的に自分をどう見せるかということに関して言えば、相手が目の前で反応してくれるから、その反応に対応して修正したりしていけばいいんですが、内面の問題は、人が簡単に手を触れることができないし、また簡単に触れられても困るものだから、他人を基準に考えることができない。内面に生まれてきた何かを意識するためには、やはりどこか、孤独《こどく》になるしかないんだと私は思っています。

イエスでもノーでもない内面の問題、その微妙なものを相手にして、それらの感情なり気持ちを自分のものにしていく力は、言葉の訓練でしか生まれてこないのです。それは非常に孤独な、たった一人の作業でしか育《はぐく》まれないものです。

言葉を知るっていうのは辞書的に言葉を理解するということもあるけれど、もう一歩進んで言うと、そういうものごとに出会ったときにそれを感じ取る力を生むってことなんです。

単純に単語を増やしておくというだけではなしに、表現をまるごと覚えていくのがいいと思います。言い回しや用法も一緒《いっしょ》に覚えてしまいますから。そうしておくと、何かのときに「あ、これはあの表現がぴったりだ！」と突然、ただ覚えていた表現（言葉）に実感がこもることがあります。きっとすこし年齢《ねんれい》がいった人なら、誰でも多少なりともそういう経験をしているんだろうと思います。意識的に言葉をたくさん覚えるには、詩や歌を覚えるのもいいのではないでしょうか。子どもから大人になるときに、歌を覚えるというのは、実に自然なことで例えば、歌謡曲とかポピュラー・ソングとか、十代のみなさんにとってはすごく身近なものでしょう。今は音楽を手軽に手に入れることができる時代ですが、音楽なしの言葉だけの詩にももっと触れてほしいと思います。わかるとかわからないとか細かいことはそんなに気にしなくてもいいんじゃないかと思います。

文学は人の情を扱《あつか》った言葉の芸術なんです。

ちょっと踏《ふ》み込《こ》んで言うと、そもそも文学って無責任なものなんですね。ありとあらゆるものを、とりあえず観賞してみようということが基本的な態度にあるんです。観賞しているうちに、あぁこうすればいいんだなとわかることもあれば、これは永遠に不可解なことなんだってわかることもある。永遠に不可解なことってすごく魅力《みりょく》的なことでもあるんです。解答が出ないと困ると思うでしょう。が、解答の出ないことの魅力はその先に待っているのです。

ただ文学には人間の生を観賞する間《ま》を持たせる力、一歩引いてものごとを見るっていう力はあるんです。悲しいときに「悲しいなぁ」と思うばかりじゃなくて、どうして悲しいのか、どんなふうに悲しいのか、といった外からの視点が生まれてくるんです。

即効《そっこう》で役立つものではないです。ふつうは風邪《かぜ》をひいて頭が痛いときには即効性のある薬が欲《ほ》しいでしょ。文学が無責任なのは、風邪をひいて寝《ね》ている人に対して「どんなふうに頭が痛いか言ってみなさい」っていうところがあるんです。痛いだろうけれど、それを言葉にしてみようよ、みたいなことを言うところがあって。だから、昔から文学は無用の用といって、役に立たないから必要なんだって言うことができたんです。このごろは無用の用という言葉が通用しない場面もあって困っているんですけれど。

いきなりテーマにぶつかっていくよりは周りからゆっくり考えていくほうが面白いし、わかり方にも手ごたえがあると思います。よく血肉になるって言い方をしますけど、だから小説なんかの場合、結果を求めるのに忙《いそが》しい人にはずいぶんのん気に感じるのかもしれないけれど、ゆっくりわかっていくことを、すごく大事にしています。

自分の内面をつくる感情を表現する言葉を得たり、内面を支える「常知常識」を得るには、大量の読書が必要だと私たちの時代は考えていました。実際、私自身もそうだと思っています。いまどきの中高生は本を読まないって言われていますけれど、読んでいないわけじゃないってことは知っています。ただ、私がおすすめしたいのは、人が昔から大事に読んできたもの、長い年月を経てもなお人々に愛された作品を大量に読んでいくってことです。さまざまな人の心の動きや知恵が随所《ずいしょ》に散りばめられている作品に親しんでほしいです。

機嫌《きげん》のいい孤独

一人が気持ちいい場所

ある場所にいて「居づらい」という感覚を持った経験が誰しもあると思いますが、私も中学生の頃、教室の中で群れる女の子たちの空気が合わなくて、どうも居づらいと感じていました。幸い、本を読むのは好きだったので図書委員になって、図書準備室という格好の場所を手に入れました。中学に入学して間もなく学校が火事になって、ほとんどの本が水びたしになったんです。図書委員は濡《ぬ》れて使えなくなった本や修理しなきゃならない本を選別して、図書室をすっかり元の状態に戻《もど》すのが仕事だったんです。結局一年では終わらなくて、三年までかかる大変な作業になったんですが、黙々《もくもく》と一人でする作業は、すごく楽しかった。一人で何かをするのは好きでしたから、理科室を貸してもらって、理科の実験でやったミョウバンの結晶《けっしょう》をつくることに夢中になったこともありました。

私はとにかく小さなときから癇癪《かんしゃく》持ちでピリピリしたところがあったんです。それで頭を冷やす時間が欲しくて、一人でふらふらとどこかに行ってはボーっと空を見たり、なんてことをしていました。

なんかゴタゴタがあって教室にいるのが嫌なときは図書室に行ったり、お気に入りの学校の近くの城山で過ごしていました。バス停の近くにお肉屋さんがあって、そこで揚《あ》げているコロッケを買っては城山に登っていって、ごろんと寝転がって石川啄木《いしかわたくぼく》の詩を読んだりしていました。人間関係でゴタゴタついていても、広々とした場所にいると、心地《ここち》よかったのを覚えています。山で畳《たたみ》一畳《じょう》ほどもある大きなシダを見つけたとかね、目の前の空気がみるみる真っ赤に染まって、ものすごい夕焼けになったこともあった。誰もいない広いところにいて「この世界は私のものだ」と思ってみるのも、気持ちよかった。黙《だま》って、一人静かにそう思っていた。

そうそう、うちの家の屋根はトタン屋根で、雨が降るとすごい音が家中に響《ひび》くんだけど、雨音がすると、家族の存在が消えて、私だけ孤立して闇《やみ》の中にいる感じがするんです。あれが好きでしたね。

今でも大学のある市谷《いちがや》の外堀《そとぼり》の土手の上を歩いているときにも、「あ、ひとりだな」と感じることがあります。そんなとき、世界中がシーンとしていて、きれいだなと思うんです。

キャンパスを歩いていても、居心地のよさそうな場所には必ず学生たちがいます。みんなそういう場所を探すことが、本能的に上手なんじゃないかなと思っています。学校の行き帰りの道だとかで、ちょこっと見つけているんだと思います。

一人になることの意味

中学生くらいの年頃は、自分の内なる声に耳を傾《かたむ》けようとして、ものすごく尖《とが》ってしまって、誰も寄せつけたくない気持ちになるということも、結構あるでしょう。

私の場合は、気がついたら一人だったというわけですが、居づらいにせよ、居たくないにせよ、一人になることって、とても意味があるんです。十代になったら、一人で居ることを覚えなくてはならないと思うんです。自分が今どんな状態で、何を考えているのかを知ることができるのは、一人のときなんですから。

人間って、どうしても人に引っ張られてしまうもので、考えていないことでも自分で考えたような勘違《かんちが》いはするし、体調が悪かったはずなのに、人と話したり一緒にいる間は具合が悪かったことを忘れていて、でも家に帰るとまたお腹《なか》が痛くなって熱が出たり。それは急にそうなったんじゃなくて、もともと人といる間でも身体はおかしかったのに、感じていなかっただけなんてことがあります。

自分の感じていることや考えていることで、自分自身がはっきりとわかっていないことって、意外とたくさんあるんです。

大人になれば、一人の時間をうまくつくって調整することができるけれど、中学、高校の頃は一人になる時間を持つのは、意外と難しいかもしれません。

孤立と仲間はずれって違う意味なのに、ほとんど同義語に扱われる場合があって、今でも日本の社会に、ちょっとでも一人になっているとよくないというような雰囲気《ふんいき》があります。孤立して、大人が関《かか》わらなくちゃいけない場面が出てくるとやっかいなんですが、こんなに複雑な世の中になって、雑音も多いし、毎日たくさんの人に会わなきゃならないという生き方をしていると、一人になれる場所や時間っていうのは、ちゃんと確保してあげなきゃいけないって気がするんです。自分で確保できれば、それにこしたことはありません。

「天上天下唯我独尊《てんじょうてんげゆいがどくそん》」という、お釈迦《しゃか》様のお生まれになったときの言葉が私は好きです。「この世に私はただ一人の存在である」という意味なんですが、けっして自己中心的な意味で言うのではなくて、一人静かに「天上天下唯我独尊」とつぶやいてみるのも、いいのではないかしら。これを静かに言えるのは、やっぱり中学生くらいからかなという感じがするのです。あまり大きくなってから言うと、ちょっと問題ですね。一人でいる静けさを感じられると、生きやすくなると思います。自分がこの世界にいるのだということに、非常に深く満足できる経験を持つと、とても生きやすくなって、世界と機嫌よく向かい合うことができるのではないでしょうか。

今回、「一人でいいもん」というような学生が女の子の中に何人かいましたが、彼女《かのじょ》たちは結構早い時期、小学校高学年か中学生くらいのときに「世界の中に私は一人でいるのだ」「この世界は全部私のもの」なんて思って、ニコニコしていた経験をしているのではないかなと、ちょっと想像しています。

時には「私のために世界は用意されている」くらいの、ある種の〝機嫌のいい孤独〟を味わってほしいと思います。

この世界の中に私はいる

自分が生きている世界

中学生の頃、館山《たてやま》の海の近くに住んでいたのですが、学校までの四キロの道には、長い海岸道路がありました。そこを自転車に乗って調子よく走っていると、ふと、その海岸道路を走っている私っていうのが見えることがあるんです。理論的には見えないはずなんですよ、自分が自転車に乗ってまさに走っているんだから。だけど、自転車に乗っている自分が見えたんです。

ちょっと高いところから自分を見出すみたいな視点ができてきて、「気持ちよく海岸道路を走っている私」というのが見えました。身体的な視覚の範疇《はんちゅう》から離《はな》れて、世界の中に自分がいるってことが、イメージとして見えたんです。

自分のことをあれこれ考え、どう見せたいか、どう見られているかを意識し始める中学生の頃って、つまり私の周りに世界があるんだということを意識し始めるっていうことなんですが、「周りと私」ということは感じられても、「世界の中にいる私」のイメージは、まだ持てる人とそうでない人がいるかもしれません。しかも「世界の中にいる自分」が「どういうふうにいるか」というイメージは、ずいぶん人によって違うものだと思うんです。

これは私の願望なんですけど、十代で感じる「世界」は、頭の上には青い空があって、足元には地面がある、というような素朴《そぼく》なものであってほしい気がするんです。今は「世界」と「地球」はほぼ同義語になっていて、しかも「地球」と書いて「ほし」と読ませたり、「世界」のほうは「宇宙」まで広がっています。宇宙まで広がる世界観って、ちょっとデカすぎない？　宇宙なんてお水が飲めないよ……。

東京の都心などの場合、空を見上げても水平線も地平線も見えるわけではないし、頭を一所懸命もたげないと見えないような空です。だから、素朴な天地のある世界の中に自分が立っているという感じ方はしにくくなっていると思います。ならば、天地がある世界がもうひとつあるんだと思ってみてください。天が上にあって地が下にあって、その間にあらゆる生物たちが生きている。そして私はそこにいる、と。自分の目に入るままの、半球形の世界のイメージをつくってみてほしいなと思うんです。

世界と社会は同じ?

なぜ「世界」っていうことにこだわるのかというとね、今だんだん「世界」のイメージが消えていって、「社会」のイメージばかり強くなっているように思うんです。私のちょっと上の世代の人の話を聞くと、「あの山の向こうにいつか行ってみたい」とか「水平線の向こうにはどんな国があるんだろう」というイメージを持っていたって言います。今よりもずっと小さな村で、小学校、中学校とだいたい同じメンバーで上がっていって、大人になっても変わらずそこで暮らしている。村の外に出るのは、お祭りのときによその村の神社に行くとか、せいぜい年に数回のことだったと。だからそうやって、自分の目に見える向こうの世界について想像していたんですね。でも、私の時代になると、当時千葉県に住んでいたんですけど、中学生はちょっと難しくても高校生になれば模擬《もぎ》試験を受けに東京まで行くとか、遊びに行くことだってありました。山の向こうの世界に行くことは、難しいことではなくなっていたんです。それとともに、山の向こうに何があるのかという、未知なものに対するあこがれとか、想像力も少なくなってきているように思うんです。むしろ、あっちにいい学校があって、いい生活ができるとかいった「社会」との出会いというイメージのほうが強くなっている。

中学時代は「社会」と出会う時代なのだと教わっていると思います。周りの大人たちも社会的なルールを教えなくては、と意識しています。もちろんそれはあるのですが、そう言い切ってしまうと、あまりにも人間中心主義になってしまって、ちょっと息が詰《つ》まるような気がします。「社会」だけだと、どんな競争をしてどんなポジションにつくのかといったイメージが浮かんでくるのですが、それだけなの？って思うんですね。勝てた人はいいけれど、負けたらどうなるんだっていう不安が大きくなり過ぎてしまうんじゃないかな。それに対して「世界」というものは、実にいろんなものに生きる場所を与えていると思うんです。

よく見たら、人間の社会だって、多様な人々が一人ひとり、いろんな地位やポジションについていて、どっちが上か下かという関係ではなく、互いに協力し合って支え合っているってことは誰もが知っているはずなんです。でも、人間の社会だけでものごとを考えようとすると、どうしても発想が貧困になります。むしろ世界があって、その中に人間の社会があると考えたほうが、いろんな意味で広々とした思考ができそうな気がしませんか。未知の世界について想像力を広げてみると、きっとものの見え方や感じ方が違ってくると思うんです。そういうことを、ちょっと頭に置いておくといいんじゃないかと思います。

で、ついでに言えば天上には神様がいて、地下には閻魔《えんま》様がいて、その真ん中に人間がいるのだと考えたほうが、より人間の精神を自由にすると私は思うんです。もちろん、神様や閻魔様っていうのは宗教にまで踏み込まない、日常生活の範囲での話です。おばあちゃんの昔話みたいに「ウソをつくと閻魔様に舌《した》を抜《ぬ》かれるんだよ」「閻魔様ってどこにいるの?」「地獄《じごく》にいるんだよ~」というようなお話の世界の中での、という程度なんですけど。

これって、とても日本的な感覚でしょう。私たちの国の言葉は、そういう世界観の中でつくられて、そういう言葉を使っていろいろな問題を解決してきたり乗《の》り越《こ》えてきたし、今もそういう世界観は言葉の中に生きているんです。

自分というものを意識するときに、「この位置に自分がいて、ここにほかの友だちがいて……」といったまるでチェス盤《ばん》や将棋盤《しょうぎばん》のような世界の認識の仕方と、「山があって川が流れていて、風が吹《ふ》いて天上と地上があるという世界の中に自分と友だちがいる」という認識の仕方では、ちょっと違うってことはわかるでしょう。同じ人間同士の他者だけだと「私とあなた」という単線のつながりでしかないわけです。そこに「世界」というものが加わると立体的になるんです。「世界の中でめぐり合ったかけがえのない他者」という視点が生まれてくるんです。

学生たちの多くは、「自分と他者」というところだけで問題を考えようとしているんですね。今の学生たちは人間関係の中の自分を、私の中学時代の比《ひ》ではないくらいにものすごく精《せい》緻《ち》に認識しているのに、大勢の人や自然がともに生きている世界についての認識となると、ほとんど出てこなかったからお話ししました。個人的な感想なんだけど、人間のお付き合い、利害関係だけに興味が集中してしまうと、その中でしか機嫌がよくなれない。そうじゃなくて、人間を取り巻いているものを見ることで、人間関係のゴタゴタとは違う機嫌のよさを得られるんです。

確かに私たちの知見は広がって、宇宙空間からの中継《ちゅうけい》をテレビで見ることができるけれど、私たちの暮らしって、大昔の原始時代から今まで、同じように足元には地面があって、頭の上には青い空があって、太陽は東から西へと移動するという一日の中で生きているんです。そういう意味では何も変わっていないんです。

「自分」の時間のおまじない

●いつもと違う道を通学路に選んでみる
——違う自分に出会えるかもしれない。

●お風呂《ふろ》で腰から脇《わき》にかけて、身体の横側を洗う
——わりに洗うのを忘れるところだけど、美人になるかもしれない。

●気に入った映画・物語の台詞《せりふ》を自分で言ってみる
——なんか気分がすっきりするかもしれない。

2 時間目

「友だち」の時間

私は中学時代、何もやらなかったんだけど、一般《いっぱん》的には青春時代だよね。部活とか趣味《しゅみ》とか、そういうのを一所懸命《いっしょけんめい》やって、たくさんのいい友だちをつくってほしいと思う。野球部やサッカー部の子たちが、今でもみんな仲が良くて飲み会とかやっているのを見ると、「うらやましいな、私もやっときゃよかったな」と思うんですよ。

（ハスミ）

学生が語る❷

世界は友だちでできている

世界の大切なことの九割が「友だち」

――中学生って、他人を意識し始める時代でしょ? 友だちについては、どう? 小学生のときと比べて、何か変わりましたか?

メガネ　家に行って遊ぶことがなくなった。小学生の頃《ころ》は、よく誰《だれ》かの家に集まってファミコンしたりしてたけど、中学になると、ゲーセンとか、外に出ていって遊ぶようになるかな。内から外へ出た、みたいな感じ。

モリゾー　僕《ぼく》もやっぱ、家で遊ばなくなった。外に出て〝自分たちだけ〟の世界をつくりたくなる。部活の仲間ができて。小学校のときはクラスの仲間と付き合うって感じだったけど、中学に入ると「部活」という場の、別の人間関係が出てくる。それに、部活をすると学校にいる時間がすごく長くなるから、学校にいることと、友だちと付き合うことが、かなりイコールになったと思う。

信秀　小学校では、世界の五割は親、あとの五割は友だちって感じだった。それが、部活したりすると土日も学校に行ったりするから、八割、九割が友だちになるよね。世界の大切なことの八割、九割が友だちなんだよね。だから、それがなくなったら、明日からどうすればいいんだろうって思うくらいだった。

――じゃあ、友人関係がもつれることは、一大事件なわけね？

信秀　世界が終わっちゃう。部活も一人、教室でも一人となると、二十四時間がつらくなるだろうなぁ。

――女の子はどうだったの？

ハスミ　私は友だちはいるにはいたけど、広くもなく狭《せま》くもなく、深くもなくみたいな関係。なんか、気づいたら孤立《こりつ》してるって感じ。ふだんはみんな部活に行くけど、私は家に帰る。終業式や始業式みたいな早く帰る日にも、みんな仲のいい子同士で帰って。私は〝いちばんの仲良し〟みたいな子がいなかったので、そういうとき一人で帰るんですよ。休み時間は寝《ね》てたし。中学のときは学校にもあんまり行かなかったし、なんか無気力がカッコいいみたいな。友だち関係も「熱くならずにいこうよ」みたいなね。そう、クールでいたかったの！　休みの日も家でボーっとして、時々ピアノを弾《ひ》いたり。そうそう、一人だけ友だちがいたよ。その子も人間関係がドライな感じで。二人でよく川に石を投げたりしてしゃべってた。その子とは今も続いてるかな。

――人間関係は、気にならないほう？

ハスミ　気にならないですね。一人って感じても、私は全然気にしない。快適。ただ、高校一年の頃、学校の帰りに違《ちが》う学校の友だちと待ち合わせをしている子を見て、みんな友だちがいて、いいなって思ったことはありますよ。でも、あこがれるんだけど、あの頃に戻《もど》っても私、きっと変わらない（笑）。

ジャック　私は、学校と家とは、すっぱり分けていた気がする。遊びたくなかったの、友だちと。考えてみると、小学校のときからすでにそうだった。人の家に行くのも好きじゃなかったし。なんか、興醒《きょうざ》めな女だな……協調性がないし、対人能力ないし。初対面の人とは、全くしゃべらないと悪いなと思うからしゃべるんだけど、中学の頃はぜんぜん話ができなかったから。基本は一人。誰かと一緒《いっしょ》に遊びたくなかった。放っておいてほしかった。それなのにヘタに干渉《かんしょう》してくるんです。一人でいるのはよくない、みたいな。なんか敵視されてた。

アキ　私の場合、放っておかれたよ。めったに現れないから（笑）。

ジャック　でも、女の子も人間関係で「世界の終わり」みたいなとこ、あるよ。むしろ、男の子のほうもそう思っているのが、意外だった。でもそれって、年代なのかも。ほかにあんまり考えることないしね。

アキ　どうなんだろ……私、自分以外の立場で友だちのこととか考えたことないけど、ふつうの子は、やっぱ寂《さび》しかったりするのかな?

はやさか　私は友だち関係については何も考えてなかった気がするよ。考えないまま、自然と周りに友だちがいるって感じだった。

　私が通っていた中学は、田舎《いなか》の農村地帯にあったんです。純粋《じゅんすい》なサラリーマンの家庭ってほとんどなくて、大半が農家。それ以外は公務員って感じで。みんな育った環境《かんきょう》が同じだから、誰とも価値観は通じていた部分がある気がする。話せない人っていなくて、ヤンキーっぽい人とも、地味な人たちとも、どっちとも仲が良かった。年賀状を百枚くらい書いてた気がする。

アキ　私は、中学時代はあんまり友だちがいなかった。友だちができたのは、高校に入ってダンスを始めてから。それまでは、あんまり同級生に興味がなかった。友だちは、あんまりいなくてもよかったの。だけど、ほんとうに興味が出てきたときに、人と付き合ってこなかったから、コミュニケーション能力がないってことがわかって。だから、練習したの、人と話せるように。なんていうのかな、人って、とても複雑だということに気づいて。距離《きょり》のとり方とか、この人に対して、どこまで入っていっていいのか、というのを考えたり。まぁ、練習っていっても、地でいくしかなかったんだけど。そこから、人間との関《かか》わり方をやり直したみたいな。

——それは、高校に入ってからですか？

アキ　そう。でも、ダンスの友だちだから、学校とは全然別のところだった。学校は、中学とあんまり変わらないから、ほとんど行ってなかったし。だけど、大学に入っていろんなところで世界が広がっていくときに、また人見知りみたいになっちゃって。まだ残ってるけどね。

〝学校がすべて〟の時代

——中学って、生活の中で学校の比重が大きいと思いませんでしたか？

はやさか　今考えると、そうですね。でも、当時は楽しいからそんなもんだと思ってて。楽しいから比重が大きくても不満はなかったですけど、あそこで学校がなくなってたら、何もなくなるなって思って。ほんと、百パーセントに近かったですね、心の中で学校の占《し》めてた割合が。

――中学で、学校以外の何かがあった、別の世界があった人って、いますか？

ハスミ　塾《じゅく》に行ってた。学習塾。

信秀　僕も行ってました。

――そこでは、人間関係はモメないの？

ハスミ　受験用だったから、特にないなあ。偏差値《へんさち》三十だったから、ちょっと焦《あせ》り込《こ》んでいたんだけど。

今だから仲良くしてる⁉

ジャック　私は中学までの人間関係って、義務みたいなところがあった。とりあえずクラス全員、同じ教室で授業を受けるでしょ。実験とか体育の時間とか、まとまらなきゃならないときに、自分だけあぶれるのが嫌《いや》だから、グループをつくるじゃない。理由はそれだけじゃないけど、とにかくグループができる。今思うと、そういうとき困るから、付き合ってた気がする。でも、どうして思春期の女の子って、あんなに群れるんだろう？

アキ　ほんとにひどいことをするからね、女は。私はそういうのを遠くから見てたけど、動物の群れみたいだよね。なんか怯《おび》えた羊が集まってる感じ。

ジャック　怖《こわ》いんだよね。気持ち悪かった、私は。だから、わりと一人でいたんだけど、他のグループ内で弾《はじ》かれた子が、私のところに来るんだよね。でも、私はずっと付き合っていく友だちじゃないのよ。その子が、グループとの問題が解決したら、私は捨てられるっていうか。とりあえず緊急避難《きんきゅうひなん》の場みたいに私がいて。私、中学校のとき、誰もいないトイレがいちばん好きだった。あそこがいちばん落ち着くと思って。

アキ　そうなんだ。

ジャック　でもね、ある日休み時間にトイレに行ったら、いきなりドア蹴《け》られた。

アキ　そういうときは呼んでくれたらさぁ〜!

ジャック　あのとき会っていれば、仲良くなってたかもね。

——天敵だったりしてね。そういうのってない? 中学のときに会ってたら天敵みたいになってるだろうけど、大学生になると仲良くしてるみたいな人はいませんか。

信秀　オレは嫌《きら》われてるかも。

アキ　あ、たぶん、苦手だと思う(笑)。

友だちという存在

長年のコンプレックス

友だちの話は私は不適格かな。いわゆるクラスでも味噌《みそ》っかすって言われているグループと仲良しで、それを私自身コンプレックスに感じて、避《さ》けてちょっと裏切っちゃったっていうことがあるんです。どちらかというと孤立《こりつ》していることには非常に強かったけど、友だちと仲良くする研究はほとんどしたことがなくて、むしろ大人になってから研究が始まりましたね。

友だち付き合いって、学校時代がすべてだというふうに長年思っていました。そこから始まって、いろいろと境遇《きょうぐう》が変わっても、ずっと付き合っていくのが理想の友なんだと。私なんかはそう教わりました。だから、「長い付き合いの友だちがいる人は信用できる人なんだよ」っていう、学校時代に言われた言葉がずっと焼きついているんです。そういう付き合いの友だちが少ないってことが、長年私のコンプレックスで、ずっと消えなかったんです。

そうは言っても、仕事を始めてから三十年になるので、仕事で知り合って長く付き合っている友だちはいるにはいるんですけれど、友だちといってイメージされるのは、小中学校の、いわゆる〝竹馬《ちくば》の友〟っていうものじゃないかな。幼馴染《おさななじみ》から始まって大人になっても付き合い続けている人っていう。

冷静に考えてみると、小学校に入る直前に横浜《よこはま》から千葉《ちば》の館山《たてやま》に引《ひ》っ越《こ》しをして、小学校二年生のときにまた転校しています。そして五年生のときに父が亡《な》くなって、ちょっと友だち付き合いができないような心境になって、そのまま地元の中学に入学。それから高校、大学へと進学して、さらに大学一年のときに新人賞をとってからは、同じ学生同士の付き合いよりも、編集者や仕事関係の人との付き合いが増えていきました。今振《ふ》り返《かえ》ると、友だち付き合いを深める頃《ころ》になると、引っ越しや父の死で、なんだか大わらわになっているって感じだったんですね。

二十五歳《さい》のときに母が亡くなって、館山の実家から葬儀《そうぎ》を出したとき、叔母《おば》が私に「中学高校時代のお友だちがほとんど来ていないじゃない」ってひょこっと言ったんです。ほんとうに、中学高校時代の友だちって、ほとんどいないなぁって。

ところが、すこし前に高校時代の同級生に会う機会がありました。私のところにインタビューの申《もう》し込《こ》みに来てくれて。依頼状《いらい》を見て、ひょっとして同じ高校を卒業している人じゃないかなと思っていたら、やっぱりそうでした。口をきいたことはあるんだけど、そんなに親しくしたことはなかったんですね。でも、その人と話をしているうちに、自分に長年の友だちがいないっていうコンプレックスを、そろそろ解消してもいいかなと思いました。つまり、中学高校で仲が良かったから今でも付き合うんじゃなくて、中学高校のときにあんまり仲良くなくても、時間を経て、もういちどめぐり会ったときに、もういちど掘《ほ》り起《お》こすような付き合い方をしてもいいんじゃないのかなって。あとで眺《なが》めてみたら四十年付き合っていましたってことになるのかもしれない。その間に断絶期が入っていてもいいんじゃないかという気がしました。

教えられたことと体験したことって違《ちが》うんです。教えられたことがすべて正しいわけではない。いろいろ経験していくうちに、教えられたことの間違いを修正したり、教え方を変えていったりするってことが、いっぱいあったなと思います。まぁ、当時も人に教えられて素直に「はい、そうですか」と受け入れるタイプではなかったのに、こと友だちに関しては、どうも小学校の高学年から中学校時代に植えつけられていて、そのまま三十年間も消えずにしこりになっていました。

自分でもちょっと驚《おどろ》きです。

もう解消させてもいいのかなと思えるようになったので口に出して言えるようになりました。まだ実はほかにコンプレックスに思っていて、口にできないことが私の中にあるのかもしれない。でも、きっとそれは解消できそうなときにゴロンと出てきて「あ、こんなものもあった」みたいに気がつくのかもしれないのかな、と思っています。

中学生のときというのは、人との本格的なコミュニケーションのための最初の練習を、学校の教室の中で一所懸命《いっしょけんめい》にやっている時期です。時にはうまくいかないことがあるかもしれません。そのときに「私はダメなんだ」というふうに人格に結びつけて自分を否定してしまいそうになるかもしれませんが、それは違うんです。友だちのつくり方にも個性があって、今はそれを訓練しているんだなと思って、自分と波長の合う人を見つけていけばいい。最近、私はそんなふうに思っています。

わかち合うハート

学生たちの話を聞いていると、人と自分の距離《きょり》を保つことはとても上手にできているんだなと思いました。ところが、距離を近づけることになると、あんまり練習を積んでいないように見えました。私は一人でいいと思っていた学生が、高校に入ってダンスを習いだしてから友だちができたけれど、人とコミュニケーションしようとしたらできなかったので、練習をしたと話していました。あれは面白かった。ちゃんと意識しているんですね。小学校までは安全に無防備に生きていられる世界にいて、中学に入ったところで防衛というものを覚えたとたん、守りに回る。次に防衛を解いていくことについて勉強する、そんな順番なんですね。

学生たちを見ていると、その場その場で盛り上がって、いつの間にかその積み重ねで結構仲良くなっていくようです。私はおもしろおかしく付き合うだけが友だちじゃないと教えられて、それを額面どおりに受け取っていました。一方で深い付き合いが必要だとも言われて、これって矛盾《むじゅん》してますね。すぐに感情的な内面のつながりを求めていくよりは、内面の見せ方から近づける相手かそうでないかを考える今の学生のほうが、洗練されているなって思います。

距離を保ってお互《たが》いに傷つけないようにするというのは、ずいぶん頭を使う作業なんですが、距離を縮《ちぢ》めるためには、頭だけじゃ足りなくて、ハートが必要なんです。そのハートの部分はみんなどうなっているんだろうな、というところを知りたかったのですが、内緒《ないしょ》で大事に育てているのか、あまり表には出てきませんでした。

ただちょっと気になるのは、「付き合っている子はいるけれど、友だちはいません」っていう学生が、結構いることです。学校では一緒に学食に行ったりノートの貸し借りをするような付き合いはあるけれど、それは友だちではないと言うんです。最初、それがどういう意味なのかわからなかったんですが、生活の中である部分をともに過ごすパーツとしての友だちはいるけれど、その人がどういう人なのかといったことにまでは踏《ふ》み込《こ》んでいない、という感じです。ハートで付き合えないという意味です。

「ハート」って言葉のイメージはつかみにくくて、ちょっとぼんやりした感じがするかもしれません。例えば、こんなことってありませんか？　友だちの話を聞いていて、つい本人よりもこっちのほうがカーッと頭にきてしまったとか、頭で判断するより身体《からだ》が先に動いちゃったたっていうこと。冷《ひ》や汗《あせ》が出たとか、ドキドキしたとか、ふるえちゃったとか。青筋立てて怒《おこ》っちゃったっていうのもあるかもしれません。

友だちのために青筋立てて怒るのは、自分のことで怒るのとはまったく違うんです。それから具体的に自分がよく知っていて手も触《ふ》れられれば声もかけられるという人をかばうのと、世界人類が平和になることを願うっていうのとは、大いに違うんです。簡単に言えば、自分のよく知っている人のことだったら一所懸命に考えるけど、知らない人のことになるとなかなか一所懸命になれない。当たり前の感情です。きっと誰《だれ》にでも覚えのあることだと思います。友だちに抱《いだ》くそういう感情と人類一般《いっぱん》とか人間全体に対して持つ感情とは、ちょっと違うものなんです。

「僕《ぼく》は友だちのためにいいことをしたいと思っています」と頭で冷静に考えることも大事だけれど、その前に身体が反応してくれるっていう部分があるんです。この反応が友だちとの信頼《しんらい》関係の根底にもなっていくわけです。「心」とか「ハート」っていう連想につながっていくんです。

完璧《かんぺき》な友だちがどこからかストンと落ちてくるわけではないんです。事前にエントリーシートを提出してスタートするわけでもない。友だちはめぐり会うものだけれど、めぐり会っただけでは、まだ球根や種を手に入れただけにすぎないんです。友情っていう情は、いろいろな感情をわかち合ったり、やり取りする中でしか育っていかないんです。

友だちと自分の関係

感情をわかち合う

私は中高校生の頃、苦労をともにすることで信頼関係が築き上げられるんだってよく聞かされました。当時はまだ、第二次世界大戦に従軍して、あごの下に弾丸《たま》が入っているんだ、なんて言う先生がいらっしゃったんです。授業中にあごがカクカク鳴るんです。そういう先生たちが、一緒に戦争に行った友人との信頼関係は崩《くず》れないんだという話をされていました。それは納得《なっとく》するんですが、まさか友だちをつくるために戦地に赴《おもむ》くわけにはいかないでしょ。すごく説得力があったんだけど、あれは特殊《とくしゅ》な例だったんだと、思いました。

今の時代はむしろ、ともに楽しむ時間を過ごすことが、いちばん信頼関係を強めていくことになるんじゃないかなと思っています。「裸《はだか》になって川で泳いだりして人をびっくりさせた」ことを懐《なつ》かしく語ってくれた学生がいました。なんとなく一緒にいたり、秘密を持ったりする友だちの関係の中で、他者に対するある種の信頼といった感覚を覚えたり考える練習をしていくんですね。楽しい時間をともにする、悲しみをわかち合う、一緒に怒るでもいい、喜ぶでもいい、そういう時間が持てることは心地《ここち》いいんです。そういう意味では、友だちって感情をわかち合う相手なんですね。素直に感情をわかち合えるという相手は、いろんな人間関係の中でも、恋人《こいびと》と友だちくらいしかいないんじゃないかな。

人の感情に共感することは大事なんです。その場の空気に巻き込まれて付和雷同《ふわらいどう》しちゃうっていうのはいかがなものかと思うけど、もう一方で、何があってもただお地蔵さんのように微《ほほ》笑《え》みを浮《う》かべて立っているだけ、っていうのもマズイ。やっぱり、血の通った人間は泣いたり怒ったり、そういう感情の動きをともにすることから、いろんなことがわかってくるってところがあるのでしょう。

ほんとうのところ私たちは人が困っているときに何もしてあげられないってことが多いんです。だからといっていきなり「何もしてやれないよ」って結論を出してしまうんじゃなくて、一緒に困るとか、一緒に泣くとか、一緒に怒るとか、そういうことが大事なこと。それって、べつに何かしているわけじゃないんだけれど、共感ってすごく相手にエネルギーを与《あた》えます。

気分を変える

フランスの哲学《てつがく》者であるアランの『幸福論』という本があるんですが、その中に、

「子どもたちには幸福になる方法をよく教えねばならない。（中略）そのための第一の規則は、自分の不幸は、現在のものも過去のものも、絶対他人に言わないことである。他人に頭痛、嘔吐《おうと》、胸やけ、腹痛をくわしく説明することは、どんなに言葉を選んで言ったとしても、失礼だと思われて当然である」

という一節があります。これはフランスで一九〇〇年代の初頭に書かれたものです。いかにフランス人が好んで不幸話をしていたのかって想像するんですが、日本人は無理に我慢《がまん》をすることがあります。不幸話はしてもいいと思います。そして、聞く側としては、相手が不幸話をし始めたら、適当なところで切り上げるのが聞き手としての礼儀作法《れいぎさほう》なのでしょう。この、適当に切り上げるっていうのが大事なんです。適当に切り上げるというのは、話をさせないということではないんです。話をさせて、気持ちのおさまりがつくところをうまく感じ取って、上手に切り上げてやるっていうのが、礼儀にもかなっていると言っているんです。とにかく聞けばいいんだとばかりに、延々と聞いて、二人でどんどん不幸になるっていうのは、よくないんです。人間の感情って面白いことに、一人だと、同じ方向に向かってどつぼにはまっていくけれど、誰かと話していて、相手が落ち着いた感覚を持っていると、その人が話に飽《あ》きてきたときに、こちらもそんなに不快でもないし、そんなに不安でもなくて切り上げられることがあるんです。そういうことが、自分の精神のバランスをとるのには、大事なことなんだっていうことがこのごろわかってきました。

友だちって、気分を変えてくれる存在でもあるんです。むしゃくしゃしていても、別の気分の友だちと交わっておしゃべりしていると、いつのまにか気分が変わっていたりする。自分と違う感覚の人とコミュニケーションするってことは自分の感覚をいわゆる正常な感覚に戻《もど》してくれるバロメーターみたいなところがある。健康で明るい気分の人が持っているリズムを分けてもらうみたいな感じだと思います。気分の底で打っているリズムがあって、そのリズムが崩れるとつらいんです。

最近の若い人は、我慢して不機嫌《ふきげん》になるくらい、自分の不幸話をしないということが身についているみたいですが、我慢して不機嫌になってしまうくらいなら、適当に話して、適当に切り上げればいいんです。そういう自分にとって心地よい加減《かげん》ということについて考えてみるのも面白いと思うんですよ。「もう気が済みました」みたいな地点があるんです。

友だちと自分の境界線

周りが陽気に騒《さわ》いでいると妙《みょう》に腹が立つことがあります。友だちと一緒でも気分の変わらないときがありますよね。そこの境目みたいなものが、自分の輪郭《りんかく》だと思うんです。人と自分とを分けている境目みたいなもの。しかも、その境目は固定されているわけではなくて、なんて言うのかな、相手とそういう部分を交換《こうかん》し合いながら、ある精神のバランスをとりながら広がったり、狭《せば》まったりしたりしているんです。

あまりにもショッキングな体験をして、茫然自失《ぼうぜんじしつ》みたいなときって、自分の輪郭線がぼやけて、わけがわからなくなってしまっている。そんなときは、ほかの人の輪郭のそばに寄っていけば、自分の輪郭がもう一度浮かび上がってくることがあるんです。

私は友だちができるというと、自分から外の世界とコミュニケーションしようと考えて、外の世界に広がっていくという単純なものの見方でいたんですけれど、今回学生の話をつぶさに聞いてみると、友だちという他者が存在してはじめて自分の殻《から》をつくることができるって言っていました。自分の輪郭線を引くために友だちの力を借りているということなんですね。

外国を旅行すると、自国の良さを発見する人は結構多いでしょう。友だちっていうのは、そういうどこかよその国の人みたいなところがあって、似た者同士でも、仲良しになって、違いの中からお互いの良さを発見することがあります。

友だちの出発点は「わかり合う」ってことから生まれてくるでしょ。自分自身をどうわかるかという感覚を覚えていくためにも友だちっていう存在が大事なんだと思います。

友だちを選択《せんたく》する中で、自分にとって何が大切なのか、何が大事なのかを考えるきっかけにもなっているんです。

おしゃべりはチューニングみたいなもの

中学生ってみんな、学校の行き帰りにもほんとうによくしゃべっている。ほとんど電線にとまったスズメ状態で（笑）。無駄話《むだ》って、音楽で言えばチューニングみたいなものですね。合わなかったらそのまま別れてしまうけれど、うまくチューニングを合わせていけば、そのうち言うに言えない自分の内面のことだって告白できるようになるでしょう。

核心《かくしん》に触れるような話ができなくても、無駄話ならできるはず。でも雑談ってその人の好みを煎《せん》じ詰《つ》めて聞くより、いろいろなことがたくさんわかるところもあって、そこが面白いところなんです。

友だち同士で自分自身のことや感情の語り方を探《さぐ》り合っているんじゃないのかなと思うんです。ひょっとすると、人間を人間にしているのは、おしゃべりのせいかもしれません。想像力とか思いやりとか、いろいろ言うけれど、なにもしゃべらずに、なんの言葉も持たずに想像力や思いやりを持つっていうのは、とても難しいんです。

だから人間が人間的な感情を持つためには、しゃべる相手がいて、互いにしゃべり合うことが必要なのかもしれません。考え方や感じ方をつくっていくときに、話を聞いてくれる相手、話をしてくれる相手がいるっていうのは、必要なことです。

人が困ったときには何もできないことも多いけれど、何か話しているうちに、意外にできることが見つかることもあるし、何もできないからと言って、話す価値がないってことではないんです。もちろん無口な人もいて、そういう人は無理にしゃべらなくてもいい。聞くっていうのも大事なことです。私はあんまり聞き上手じゃないから、うまく聞き上手の話はできませんけど。

感情の表現

「尊敬」するという感覚

義侠心《ぎきょうしん》って言葉を聞いたことがあるでしょう。ちょっと聞くとなんだか古くて物騒《ぶっそう》なイメージなんだけど、友だち関係って、その義侠心で成り立っているということが、どの時代でもあると思います。ボードレールというフランスの詩人がいますが、彼は義侠心ゆえに学校を退学になったことがあるらしいんです。ほんとうに些細《ささい》なことで、授業中に友だちが彼に手紙を書いてよこしたんですって。それを見咎《みとが》めた先生が「出しなさい」と言ったんだけど、ボードレールは徹底拒否《てっていきょひ》したんです。で、そのまま騒ぎが大きくなって、退学にまでなったらしいんです。彼《かれ》も自分の書いたものだったら出したと思うんですよ。でも、友だちの書いたものだから、出せばその友だちに累《るい》が及《およ》ぶことを恐《おそ》れて出さなかったんでしょうね。かばったわけです。こういう義侠心って、お互いの深い信頼関係へとつながっているんです。

この義侠心の根っこには、相手に対する尊敬があるんです。なぜこういう言葉を持ち出したかというと、尊敬の感情って、親や先生といった上下関係より友だちのような横の関係でずっと大事になってくるからなんです。尊敬というのはお互いの距離ということと、感覚的なんですが私にとって似ていると思うからです。

今は上下関係でもあまり「尊敬」ということを教えなくなっているんだけど、やっぱり上下関係において覚えるほうが、わかりやすいというのはあります。尊敬のベクトルが明確ですから。友だちのような横の関係で覚えるのは、上下関係で覚えるよりも難しいと思います。

でもね、確かに友だちにも偉大《いだい》な部分っていうのがあるの。全部じゃないけど（笑）。だから、その偉大な部分に対して敬意を払《はら》うってことをしてもいいんです。尊敬って、能力を敬うばかりではないんですよ。運動ができるからとか、勉強ができるから尊敬するっていうのは違うんです。運動が得意な人が事故に遭《あ》って怪我《けが》をして、その能力が失われたときには、その人にまったく尊敬がなくなってしまうのかというと、そういうものでもないでしょ。存在そのものに頭を下げたくなるような感情が「尊敬」なんだと私は思うんです。

学生と話をして、尊敬の表し方を習わないと、尊敬していても言えないんだなって思ったんだけれど、まぁ、いいんです、「僕はきみのことを尊敬しています」っていきなり言っても驚くだけだから、言わなくてもいい。タメ口でも、敬意を表すことは、十分にできるんです。はっきり口で言うのが恥《は》ずかしいって言うなら、いきなり食べ物かなんかを「食えよ」なんて突《つ》き出《だ》したり（笑）。男の子はそういうやり方をすることがあるみたい。尊敬の意を表してお供《そな》え物《もの》を置くみたいにして帰ったとかね（笑）。

だから、言葉にして言わなくても、何かの方法で表すことによって、確かなものになっていく。その感情が育っていくんだと思います。昔の小説なんかを読んでいると「今日は僕は失敬するよ」なんていうのがあって。あの「失敬」は「尊敬」があって「失敬」があるんです。面白い使い方ですね。

「リスペクト」って言葉がありますよね。互いにリスペクトを失った社会って、殺伐《さつばつ》とした感じがします。友だち同士がもっと尊敬の感情を持てると、つまんないいじめなんていうものが、もっと減ってくるだろうし、住み心地がよくなるだろうと思うんだけどな。

感情のコントロール

感情は、自然に備わっているものと思いがちですが、実はそうじゃない。感情って教育されて、研究するものなんです。いろんな感情の経験をすることによって、すこしずつつくられていくものなんです。お腹《なか》がすいたとか、痛いっていう感覚は赤ちゃんにもあるけれど、うれしいとか悲しいといった感情は、三、四歳から経験によって生まれてきます。そしてその経験を表現に変えていくという研究を人は積み重ねています。映画を観《み》たり本を読んだり、友だちと話をする中で無意識に研究しているんです。

私たちは悲しいときに「悲しい」と言わないで我慢する、苦しいときでも歯をくいしばって黙《だま》っている、そういうことは教わったんですが、それだけじゃなく、感情ってコントロールして表現することが大事じゃないかと思うんです。自分の感情は話してもいいんです！ 上手な話し方を探せばいいんです。

自分の大事な部分だから、人には触《さわ》らせたくないから語らないんじゃなくて、すこしずつどういうふうに表に出すのか、感情の表現の研究を意識的にしていくほうがいいと思います。手放しに言えばいいというわけではなくて、相手への聞かせ方とか見せ方があると思うの。

正直言うと私は、感情をコントロールするっていうことの意味を、ここ数年の間にようやく知ったんです。おもに怒《いか》りの感情なんですが、こんなにも多彩《たさい》に表現できるんだと驚いているくらいです。笑いながら怒るとか、黙って怒りたい相手の反応を静かに見守るなんてことがあって、これがやってみると、なかなか面白い。それまではカッとしてすぐ瞬間《しゅんかん》湯沸《ゆわ》かし器《き》のようにガーッと一方的に怒るだけだったけど、こうしたほうがよっぽど相手に伝わるし、息子《むすこ》にも怒り方が上手になったと褒《ほ》められました（笑）。

誰かにちょっと悪口を言われてムカついている。その気持ちを野放しにしておくと、物にあたる、人にあたる。あげくの果てに怪我をする、叱《しか》られる……ろくなことがないんです。そんなとき、どうしてムカついたのかということを、一歩引いて言葉にしてみるんです。すると、すこし感情が落ち着いてくることがあるんです。もしかするとそれまで意識されなかった意外な自分の気持ちを見つけるかもしれません。

さらに上級編になるけれど、ムカついた気持ちをどう表現できるかって考えてみる。好きという気持ちも嫌《きら》いという気持ちも多くの言葉を生むものなんですね。古い罵倒《ばとう》語に「どてかぼちゃ」とか「おたんこなす」とかたくさんの面白い言葉があって……おかしみさえ感じますね。ムカムカした気分を加工して、笑いの状態にまで持っていくことができれば、「アイツなんか嫌いだ」って、ムカムカしながらも、ちょっと笑えるところもあるでしょう。

コントロールは抑止《よくし》ではなく制御《せいぎょ》なんです。ムカムカするのをやめるんじゃなくて、どうコントロールして、表現していくかなんです。

喜怒哀楽《きどあいらく》の表現って、いろいろ知っておくと、便利です（笑）。

感情の不思議

中学の頃って、大好きなはずの友だちのことが、ある日突然《とつぜん》、大嫌いになったり、友だちから突然嫌われたりということがおきてしまうときがあります。好きだと思った相手の嫌なところを見てしまったりすると、とたんに憎《にく》さ百倍、「好き」から「嫌い」へと針がパーンと振《ふ》れてしまうんです。

十代の頃って、ちょっとしたもの言いやしぐさの違いだけでも激しく違和感《いわかん》を覚えやすいんです。原始人の性質が、まだ中学生くらいの頃には残っているのかな……。大人よりもずっと激しく、期待を裏切られたという感じがするんだと思うんです。相手との距離感をつかむことが難しいからなんですかね？

これは、感情というものの不思議さなんですが「好き」の裏側には必ず「嫌い」が張りついているんです。さらにその「嫌い」の延長には「憎い」という感情があるんです。これは一連の感情なんです。

憎しみや憎悪《ぞうお》というものは、戦争や民族紛争《ふんそう》という大掛《おおが》かりな問題に発展していくので、中学生でも耳にすることがあると思いますが、「好き」の裏側に張りついた「嫌い」、その延長上に「憎い」という感情があるのだということは、あまり考えたことがないんじゃないかな。でもこういうことは日常に転がっていて、親子や仲のいい友だちほどこれがもとでこじれることがよくあります。「好き」と「嫌い」は並列《へいれつ》ではなくて、表裏の関係なんですね。ひどく嫌悪《けんお》してしまう裏には「好き」でなくてはいけないといった、どこか「好き」という感情とつながったものがあるのかもしれないんです。そう考えれば、感情というものの面白さ、不思議さのようなものをもうすこし複雑に、深みをもってとらえることができるんじゃないでしょうか。

ちょっと頭の片隅《かたすみ》にでも置いておいてもらえればいいと思うのですが、友だちができるということは、ひとつには「好き嫌い」がはっきりするということです。嫌悪の感情を抱くことはいけないことだと感じている人もたくさんいると思いますが、それは扱《あつか》い方であったり、付き合い方が問題なんです。

ある意味、「嫌い」という感情は、自分を守る感情でもあるんですよ。紛争の回数を減らしたり、できれば回避《かいひ》するための信号みたいなものだから。だからといってやたらと「嫌い！」って表現することもできない。嫌いだから無視すればいい、遠ざければいいということでもないんです。嫌いと思っても、学校で毎日顔を合わせる相手だったら、せめて挨拶《あいさつ》くらいはしてほしいなぁと思っています。

ところで人間の違和感の許容範囲《きょようはんい》ってどのへんまでかなって思うことがあります。自分と極端《きょくたん》に違うものに対して違和感を覚えるっていうのは、人間の根源的な心理だと思うのですが、そのときに非常にアグレッシブな感情を抱く人と、そうでもないタイプ、さらに面白がれる人もいますが、人との違いを面白がるためには、ある種の訓練や教養が必要なのでしょうね。

一人ひとりに背景がある

小学校のときから「みんな平等で公平です」というルールを教えられていて、それは学校という社会のひとつの理想でもあるし、そのルールの中で誰しも動いています。けれども、ほんとうは一人ひとり境遇も違うし、顔も背丈《せたけ》も声のトーンも何もかも違う。日本の中学校は制服があって、持ち物もみんな同じものをそろえる傾向《けいこう》が依然《いぜん》としてあります。同じものを着て、同じものを持って教室に座っていると、みんな同じって思いがちなんですけど、私は公立の中学に通っていて、ほんとうにいろんな人がいて、規模は小さいんだけれども、いわゆる一般の社会と同じ複雑さがあったと思いました。

背景のことを文学の用語で「シチュエーション」と言いますが、一人の人が持っている「シチュエーション」と、その人が赤ちゃんのときから育ってきた過程、「プロセス」というものがあります。

友だちと一緒にいるときに、どうしてこんなことで怒るんだろう、なんてことに出くわすことがあると思うんです。それは、人それぞれの育ってきたシチュエーションやプロセスが違っているからとも言えるんです。

今の時代は一人ひとり、みんな違うんだっていうことについてはかなり理解が行き届いているると思います。

その一方で自分のプライベートな部分を人に話すことを、ものすごく躊躇《ちゅうちょ》する時代なんだなぁと感じます。学生たちと話をしていると、プライベートな心情を語ることを、まるで〝悪〟だと考えているんじゃないか、あるいは〝弱みを見せる〟というふうに感じているんじゃないかと疑いたくなることもあります。

プライベートなことはめったやたらに言わないほうがいいと一般的に言われています。でも、それは「言うな」に意味があるんじゃなくて、「やたらに」のほうに意味があるんです。その「やたらに」の裏には、通じ合う人や、わかってもらえる人を選んで話しなさいってことが隠《かく》されているんです。

一人ひとりがどんなプロセスやシチュエーションを持っているかということは、教室の中にいるかぎりではつかみづらいんです。友だち付き合いをしてその子の家に遊びに行ったり、家族の話なんかをして、はじめて自分と違うってことに気づくことができるんです。

実はそういう違いっていうのは、ほんとうは親しくなるための糸口でもあるんです。「どうして違うの？」「原因は何？」って。それでお互い相手がどういう人なのかわかるところまでいきましょう、というのが理想ではあるんです。そこで同じ色に染めちゃおうっていう力が働きそうだけど、それは違うんですね。互いに違いがあることを了解《りょうかい》して、その違いに対してどう振《ふ》る舞《ま》ったらいいのか、お互いに気持ちよく付き合うにはどうしたらいいんだろうか……と考えていく。自分は自分、人は人、そこで突き放すのではなくて、そこで相手のプロセスやシチュエーションを考えていくようなことが必要でしょう。互いにわかり合う、その人そのものをどうわかるかは、複雑な内容を含《ふく》んでいるものなんです。

人に寄《よ》り添《そ》う

登場人物に寄り添う

田山花袋《たやまかたい》の小説『田舎教師《いなか》』という作品をゼミで読むことになったとき、主人公の清三について、学生たちがこんな感想を言い始めました。

「あんな田舎の学校を出て小学校の教員になって、あれこれ希望や夢を抱くけれど、ひとつも実現することができずに、むしろ悶々《もんもん》と悩《なや》んでいることが多くて、現実の勉強をしたり現実の努力をするということが足りないように思える」。それから、学生たちは清三という人物に対する批判《ひはん》を言いだしたのです。「もっと自分のできることからすこしずつ実行すべきだった」「自分の家庭のことを気にしすぎで、すこし家庭のことは考えずに、お父さんやお母さんのことも考えずに、自分のやりたいことをやるために東京に出ちゃうべきだったのではないか」。

学生たちの一般的な傾向として、自分のことを話すと反省になり、人のことを話すと批判になってしまうというところがあります。自分のことだと、より良くなるためにこうしたほうがよかったということになります。人のことになると、もっとポジティブに考えるべきだった、みたいな批判になるのです。主人公の清三は、志を全《まっと》うできずに、最後には病死してしまうのですが、もう死んでしまった人にああすべきだった、こうすべきだったと言っても始まらないわけです。すると誰かがこう言いました。

「何が面白くて田山花袋はこの小説を書いたんだろう」

これはいい質問です。何が面白くて書いたのでしょう、誰かわかる人がいたらいいなと思っていたら、「俺《おれ》はこんなにモタモタしないで、立派に作家になったぞという優越感《ゆうえつかん》で書きました」という言葉が飛び込んできました。頭に「ガチーン」という字が浮かんでいるけれど、ここでひるんではいけないと思って、「ほんとうに優越感だけでこんなに長い小説を書けるかなぁ。自慢だけだったら、自分の自慢を書いたほうが早いんじゃないか」と私が言うと「いや、優越感は結構、原稿《げんこう》を書く原動力になる」と返ってきました。私の頭の中では、「優越感」という単語に対する激しい反発がグングン浮かんでくるのですが、ここで私が怒ってしまうと、また学生たちが反省してしまうので、じゃあ、ちょっと優越感の中身をのぞいてみましょうと、田山花袋の年表を見ることにしました。

主人公の清三が死んだ二十代前半、田山花袋は何をしていたかというと、ちょうど小説を一作だけ発表しています。

二十代はじめの田山花袋と主人公の清三さんは、境遇がほぼ同じだったということに気がついた頃になると、「同情なんだろうね」という言葉がちらほら出てきます。「じゃあ同情で、きみは死んじゃったけど、俺は生きて立派になったんだ、はっはっは、と笑っている文章かな、これは?」というと、「そうは感じない」という話になっていくのです。

年表を見ながら良いとか悪いとか上とか下とかという気持ちではなくて、存在そのものに寄《よ》り添《そ》っていくということがあるのを理解してもらうようにしました。作家は登場人物を批判しているのでもなく、一緒に寄り添って物語を進めているのです。それから比べることの貧しさというのでしょうか、そういうことについても考えてもらいました。

ゼミの顚末《てんまつ》ですが、最後には学生たちもそれはわかってくれたようでした。最初からわかっていたけれども、うまく言えないだけだったのかもしれません。

文学作品を読むということは、主人公に感情移入することだと思っている人が大勢います。

もちろん感情移入する読み方もできるし、そのほうが楽しいという人がいるのも承知しています。でもほんとうは、作品に登場する人物たちに寄り添って、主人公の気持ちで読むことが大事なのかなと思います。寄り添いながら本を読んでいくと、いろんな生き方があるということがすこしずつわかっていくんじゃないかな。ハウツーの生き方ではなくて、人は一所懸命に生きていくんだ、ということを感じられるようになると思います。感情移入とは違います。

見ることの喜び

現実の生活の中で、人に寄り添うことって、結構難しいんです。私だって忙《いそが》しいときや傷ついているときは、人に寄り添う余裕《よゆう》がないことがたくさんあって、つい「何が言いたいの、結論を言え！」なんて言ってしまいます。「結論が聞きたいんじゃないんだ。ただ聞いてほしいだけなんだ」なんて親子喧嘩《げんか》も、ずいぶんとしてきました。

考えてみると、日常生活の中でお茶を飲んだりお酒を飲んだりしているときに、結論を聞きたくてそうしていることって、よっぽど具体的な問題を話しているときは別としても、あまりないんです。何かしらごちゃごちゃと言いたいだけであったりして。

友だち付き合いって、寄り添うことが根っこにあるのかな。自分がどう見られたいかを考えながら付き合うってことは大事なことで、もうひとつ前に進むと「見ているよ」ってことでしょ。人に寄り添うってことは、一緒にいるとか、見ているってことが大事なんです。「ああ、あんなことしてる」って感じながら「じっと見ている」ってことが。どうしてなのかと言うと、相手がそこに「いる」ってことを認めることだからです。あなたもここにいる、私もここにいる。それだけでもいい。そういうことをきちっと意識に留《と》めるってことは、「ああしろ、こうしろ」でもなければ、「良い悪い」もなくて、「そこにいるものを見る」ってことなんです。逆に「ああしろ、こうしろ」ってことは、今ここにいる存在そのものは軽《かろ》んじられているわけだから。

私の場合、いろんな人を見るっていう感覚は、小学校の高学年から読んだ小説から、なんとなく意識しないで覚えてきたんだと思います。

簡単に言うと、愛しているものは眺めているだけで楽しいってことがあるでしょ。ああいうことなんです。愛着や愛情のあるものはずっと見ていられるって、そういう感じです。見ることは、人間にとって喜びなんです。

「友だち」の時間の

おまじない

●いつもと逆から靴《くつ》を履《は》く

——自分の動作に注意深くなるかもしれない。

●ぼんやり人を眺めてみる(街中・スーパー・公園・図書館……etc)

——思いがけないドラマが見られるかもしれない。

●罵倒語を書き出す。辞書で調べる

(ただし書いたものは破って捨てる。公表は厳禁)

——気分すっきり爽快《そうかい》で笑っちゃうかもしれない。

3

時間目

「大人」の時間

人目を気にするんだけど、自分の視野は狭《せま》いなと思うんだよね、中学の頃《ころ》って。世界にはいろいろな色があるのに、「この世界は真っ暗だ」って考えてる感じ。真っ暗な世界しか見えていない。十代には十代にしか見えない世界がある。十代の頃には、今の二十代の自分が見ている世界はわからなかった。三十代になったら、また三十代の自分がいると思うんです。だから、けっして今自分が見ている世界がすべてじゃないっていうこと。

（メガネ）

学生が語る❸

大人は大人？

「先生」は大人代表！　でも……

――中学時代の「大人」で、思い浮《う》かぶのは？

信秀　大人っていうと、先生と親くらいしか関《かか》わりがなかったな。それ以外でも、塾《じゅく》の先生くらいだったし、やっぱりそれも先生だったし。

アキ　でも私は、先生にはあんまり関わらないようにしてた。先生って頭おかしいと思ってたもん。あと、大人になってる大人が嫌《きら》い（笑）。竹刀《しない》を持って「走れ！」って言ってばかりの先生とか、いちいち「スカートが短い」ってうるさい先生とか。あと「私はあなたたちを理解してるのよ」みたいなことを言ったり。授業中に問題があるとすぐに泣く音楽の先生とか。

はやさか　うちの学校は、みんな熱い先生ばかりでした。今は、教師は親と違《ちが》って一生付き合うわけじゃないからできることとできないことがあるっていうふうに割り切ってる先生が多いじゃないですか。でも、そういう感じは全然なくて。どこまでも踏《ふ》み込《こ》んでくれる先生たちで。暴力をふるったり、急にヒステリー起こして泣きだしたりとか。生徒からすれば、悪い部分もすごく見えているんですけど、今思うと、よかったって言える先生ばっかりで。熱くて、人間味があって、面白い先生たちでした。

ハスミ　私は、女の先生とはうまくいかず、数学の先生にはセクハラを受けていました。髪《かみ》を切ると、テケテケっと近寄ってきて、「髪切ったのか」ってべったりと寄り添《よそ》う、みたいな。

信秀　オレの学校でも、中学一年のときに先生がセクハラをしたんですよ。女の子のおしりを触《さわ》ったって言われて。で、そいつは生徒の前で土下座をしたんです。それを見て、あぁ、大人ってバカだなぁって思っちゃった。

ひまわり　校則に違反《いはん》したり忘れ物をしたら、「こんなことすんな」ってゲンコツする先生がいたんですけど、そういう先生のほうがみんなから好かれていました。自分たちのことを本当に考えてくれてるって思うから。でも、一部の不良たちが親にチクって、そういういい先生がみんな辞《や》めさせられてしまったんです。校長の手によって！　校長に口答えしない先生ばっかり残っちゃって。授業しかしない、生徒とは話もしない先生ばっかり。

呉島乱　世界史の先生が授業を拒否《きょひ》したことがあった。世界史係が毎回、世界地図を持ってこないから、学級委員や先生が仕方なく持ってきてたんだけど、あるとき先生がキレちゃって。まず、世界史係が悪い。それから、この世界史係を許容するクラス全体が悪いってことになって。で、教室を出ていっちゃった。でも聞いた話なんだけど、教師は二十分以上授業を放棄《ほうき》したら罰《ばっ》せられるらしくて、十九分後くらいに戻《もど》ってきて、何も言わずに黒板に心情を書き始めたんだよ。「怒《いか》りにうち震《ふる》えており、しゃべれる状態ではないので、ここに書かせてもらいます。世界史係の態度、それを許容する態度、そしてそれを僕《ぼく》や学級委員に押《お》しつける態度は気に食わない。しかし、逃《に》げた私に非《ひ》があることも事実。今後はよりよい関係にしたいと思うが、どうしていいかわかりません」みたいな。世界史係が「ごめんなさい」と謝《あやま》って、それであとは一日おきに世界地図を持ってこない、という折衷《せっちゅう》案をとって……（笑）。

大人は風邪《かぜ》をひかない⁉

モリゾー　子どもは、大人のダメなところを見つける天才だと思う。その一方で、〝大人は何でもできる〟って感覚がまだあって、例えば大人は眠《ねむ》くならずにちゃんと朝には起きられるとか、約束は忘れないとか。

ジャック　なんか、万能感があるよね。

モリゾー　大人は風邪をひかないとか。（一同　爆笑《ばくしょう》）

信秀　それは、オレも思った！

モリゾー　学校の先生も親も、風邪をひいても休まないから、ほんとに大人は風邪をひかないんだな、と思ってた。仕事もつらいなんて思わないんじゃないかとか。だから、大人が矛盾《むじゅん》したことを言ったり、子どもっぽいことをしたら「今なんか変なことしたな！」って鬼《おに》の首を取ったみたいに、すごく敏感《びんかん》に反応してた気がする。できて当たり前と思ってたから、できないことにはもう、残酷《ざんこく》なくらいの目で見てた。

小学校五、六年のときの担任が、とっても面倒見《めんどうみ》のいい先生で。いいことをすると「給食時間に食べていいよ」ってお菓子《かし》をくれたり、クラスで何か達成すると授業をつぶして映画を観《み》せてくれたりしてたんです。ある日、クラスでも活発なサッカー部の子が、お菓子を食べながら廊下《ろうか》に出たんですよ。教室の中で食えって言われたのに。そしたら、先生がそいつをつかまえて殴《なぐ》ったんです。ほかのクラスも、みんな知ってることなんですよ、お菓子をくれたり、魚釣《さかなつ》りに連れて行ってくれたりすることは。だけど、外に持って出るとマズイと思って殴ったんだな、と。で、殴ってる姿を見て「あぁ、もうダメだ、正体見た！」と。そこでがっくりきちゃったんです。

――先生って大変だなぁ。

モリゾー　いや、でも今思うと、小学校のときも中学のときも、がっくりきちゃうのが、自分の境目というか。次の成長の境目。次の階段のひとつ上に上がるために、必要だったのかな……と、今になってみると思う。

大人は敵か味方か⁉

ジャック　私は、大人には何も期待してなかったし、どうでもいいやって思ってた。でも、私はそこそこ優等生だったから、特に仲良くなるというわけじゃないけど、扱《あつか》いやすいって思われてた、たぶん。そう思わせとけば、ラクじゃん。わざわざ反抗《はんこう》して、それで目をつけられるのも面倒くさいし。そういうふうに扱いやすい生徒だったら、お互《たが》いのためにもいいじゃないですか。先生もホッとするし、私たち生徒もラクだし。

ハスミ　でも、教育実習に行ってみて思ったよ、やっぱり扱いやすい生徒と扱いにくい生徒がいるなって。

――大人は敵だった？

アキ　いや、みんなじゃない……。理科の授業中にその頃《ころ》流行《はや》ってた○×ゲームをやってたの。あれ静かにできるから、ほかの人の邪魔《じゃま》しないようにって（笑）。そしたら先生が「ちゃんとプリントやろうよ」って回ってきて。そのときすごくきれいに夕焼けが見えたから、そうだ、この人、科学の先生だと思って「なんで空は赤くなるん？」って聞いたの。そうしたら、もうちゃんとは覚えてないけど、わかりやすく教えてくれて。で、そのあと、まじめに勉強した。「なるほどね〜、勉強しようかなぁ」って。その先生は嫌《いや》じゃなかったな。

信秀　ほとんどの大人はアホだと思ってたけど、二人だけ尊敬できる人がいましたね。一人は三年のときの担任。成績だけじゃなく、人を判断する基準をちゃんと持っている人だった。もう一人は部活の顧問《こもん》。オレの考えてることを見抜《みぬ》いてるっていう目をするんです。オレは、悪いグループの中でも、リーダー的存在じゃなくて、ずるい立場だった。それを見抜かれている感じがしていた。その二人は、今でも好きですね。

大人は別世界の生き物

——さっき大人に「何も期待してなかった」って話が出てたけど、具体的にはどうだったのかしら？

ジャック　私は小学校と中学校とで、いじめにあってたんですけど、親にも教師にも、一度も、何も話さなかった。親には絶対知られたくないと思ってたし、親に知られなければ、いくらでも我慢《がまん》できると思ってたから。

——今、いじめで世間が大騒《おおさわ》ぎになっていて、どうして親や教師は気づかなかったのか、と言うけれど、話せないということは確かにありますね。

ジャック　……っていうか、むしろ気づかせないように工夫するんじゃないかな。

信秀　今でもお母さんは知らないの？

ジャック　うすうす感づいてるかもしれないけど。今でもニュースでそういう話になると、私は席を立って話さないようにしてる。

信秀　過去のこと、っていうふうにはならないわけ？

ジャック　ほかの人には話せるけど、家族はイヤ！　だって同情されるから。親だから、自分の子どもはかわいいじゃない、ずっと大切に育ててきたわけだから。その子が苦しんでいたら、かわいそうと思いますよね。でも、かわいそうだと思われて、一緒《いっしょ》に泣かれでもしたら、最悪だと思ってた。結局、別の世界の人間だから。教師と親と私たちって、そこまで深く交流できないと、そのときの私は思っていたの。

アキ　小学六年のとき、授業中に先生に反抗的な態度をとってボッコボコに殴られたことがあったの。家に帰ったら首に先生の指の跡《あと》が赤くついてて、リンパ腺《せん》が腫《は》れて、三十九度の熱が出たんだ。それでも親には言わずに「何でもない、ぶつけた、はさんだ」って。悔《くや》しいから、絶対に知られたくなくて。親が悲しむのも嫌だし。結局、担任から電話が入って、お母さんには話したんだけど、お父さんには言わないでねって頼《たの》んで。言ったら、うちの娘《むすめ》に何したんだ、コノヤローって先生をぶん殴って、教育委員会に言うなりして、先生を辞めさせる――それは希望でもあるわけだけど――そういうことをやると思ったから。結局、お父さんにバレちゃったんだけど、お父さんは怒《おこ》らずに校長と先生の話をじっと聞いてて、期待してたようなことは起きなかった。「教師が感情的になったらだめでしょう」なんて大人の話をしだして。先生にも謝ってもらったけど、でも本当に言いたくなかったんだよね、あれ。

――十歳《さい》から十五歳くらいの頃って、すごくプライドが高い時期ですね。

アキ　うん。親を悲しませたくないし、わかったフリもしてもらいたくないんだよね。

ジャック　私、そこまでやさしくなかったな。悲しませたくないっていうほど、親を思いやれる気持ちの余裕《よゆう》はなくて、ただ踏み込んでほしくないっていう気持ちだった。

呉島乱　オレ、小学校のとき、ちょっと猫背《ねこぜ》で動きがおかしくて。それを一回笑われてから、登校中ずっと笑われてるような気がして、お母さんに「いじめられてるような気がするんだ」って話したんですよ。そしたらお母さんがすごく心配して、毎朝「大丈夫《だいじょうぶ》？」って聞いてくるんですよ。ふつうに友だちと遊ぶときにも「大丈夫？」って。オレを思いやってくれてるって気がして最初はうれしかったんだけど、だんだん「うっとおしいな！」って。「うっとおしい」と「心配かけてごめん」と両方かな。やさしくしてくれてるのに、オレはいったいどうしたらいいんだってわかんなくなったの。そういう気持ちになるから言わないんだよね。そのとき、オレは身をもって知ったのよ、親に言っても解決にはならないって。親には、わかりようがないから。

ジャック　あんまり動揺《どうよう》してほしくないっていうか。

メガネ　親の心配って、子どもにとっては恐怖《きょうふ》になったりする。

ジャック　する！　子どもの頃に親が泣いたりすると、もうどうしていいかわからなかった。

メガネ　オレも一回あった。小学校のとき血小板の減少する病気にかかって、そのときの親の焦《あせ》りようがすごくて。さっきも言ってたけど、自分は愛されてると思いつつも、なんか嫌だという。ふだんの親と違う姿を見るのは、恥《は》ずかしいような、違和感《いわかん》があるよ。怖《こわ》いっていうのかな。親は死ぬときまで、いつもの表情でいてほしい。

尊敬する大人は誰《だれ》?

――大人を尊敬しろっていう教育を受けたことがある人はいる?

モリゾー 私の父は昭和十九年生まれで古い人なんで。親を尊敬しろとか先生を尊敬しろとか、そういうのは、言われた記憶《きおく》はたくさんあります。

アキ 私は、ない。

はやさか ないです。

ジャック ない。

信秀 オレは逆に、「お前は親をなめているのか」って、言われた。

――それ、意外に問題かもね。教えないとわかんないところがあるかもしれない。じゃあ、先生が先生を尊敬している場面って見たことありますか?

はやさか 若い先生が学年主任の先生を、「あの先生はここがスゴイのよ」って私に話してくれたことがありました。

モリゾー　僕の場合は逆ですね。ある日、ベテランの先生が、二十代の若い先生のことを生徒の前で〝さん〟付けで呼んだんです。自分より完全に下に見てるっていうのが伝わってきて、なんだかすごくがっかりした記憶がある。先生は先生同士で尊敬し合うということが大前提としてあると思っていたので、なんか裏切られた感じがしたのが、すごく印象に残っています。

信秀　オレは、先生に敬語を使いなさいって言われたことがあります。そのとき「生徒を下に見るのかよ」って言ったんですよ。そしたら、「ははは」って笑って終わっちゃったんですけど。

——小学校では敬語を使えという教育はなかったのでしょう。「こんにちは」とか「おはようございます」とかはあったけど。中学に入ると、目上と目下との関係で言葉をきちっと使えるようにっていう教育が始まるでしょう？

モリゾー　中学くらいになると、大人には言葉が通じない人がいるなって感覚がわかってきて。小学生のときは、友人と話しているのと同じ感覚で先生に話しかけても通じたんですよ。小学校の先生は、ふだん聞きなれているからわかるんでしょうけど。自分の親にも、自分の感覚でしゃべっていたら通じると思っていたんです。たぶん、ほんとうはわかり合ってないんでしょうけど、子ども心には通じ合っていると思っていて。だけど、中学校くらいになると、何か工夫しないと通じない。友人との言葉と先生との言葉は、上下関係とか、丁寧《ていねい》な言葉づかいにしようってこととは別に、使い分けが必要だって思った。そういう感覚は中学校で強く出てきたような気がします。

はやさか　私は部活の先輩《せんぱい》に教わった。部活の先生には挨拶《あいさつ》しなさいとか、先輩に会ったら会釈《えしゃく》しなさいとか。部活の先輩がむしろホントの意味での先生だった気がする。
ジャック 私そういうのは、あんまり好きじゃなくて、部活もそういうのがなさそうなとこを選んでたな。
——だけど、自分より先に生きてきた人に対する尊敬って、東洋ではわりと大事なことなんですけど。それをどのくらい今の中学校で教えているのかと思って聞いてみました。
ジャック 教育として、教わったことは一度もないかな。
——「老人を敬え」は?
メガネ うちの中学校で菊《きく》の花の鉢植《はちう》えを育てて、近くに住んでいる八十歳以上のおじいちゃん、おばあちゃんに渡《わた》すっていうのをやってた。そういうので、間接的に教えられたのかなっていうのはありますけど。
——「老人を労《いたわ》れ」と、「老人を敬え」は意味が違うのがわかる? そういうことを考えたことがありますか?
ハスミ 考えたことないです。
信秀 「労れ」は、老人は弱者だから助けてあげなさいみたいな、ちょっと下に見てる感があると思うんですよ。「敬え」だと、人生の先輩として今まで苦労してきたんだから敬意を払《はら》うのが当たり前っていう感じ。

——みんな、だんだん大人と呼ばれる年齢《ねんれい》になりつつあるけど。

メガネ　僕の中学校の先生はみんな面白くて、とても仲が良かったんです。大人っていうより、仲間って感じ。でも、やっぱり大人なんでしょうね。自分たちを守ってくれる存在みたいに見てました。見守ってくれている安心感はあった。だから大人ってすごいと思ってたんだけど、自分がなってみたら、こんなもんなんだなって（笑）。

大人の世界と子どもの世界

見えなくなった大人の世界

「大人は別世界の生き物」という意見が学生たちの話の中にありました。中学生が思うほど大人と子どもの違《ちが》いはないんじゃないかと思っています。大学生になるとそれがわかってくるんですね。大人といっても、中身は結構子どもっぽいし、子どもといっても中身は結構大人っぽかったりもするわけです。そのへんで、お互《たが》いにわからないってことが起きているんじゃないのかなと思っているんです。

学生から「大人は風邪《かぜ》をひかない」と思っていたっていう話が出てきましたが、中学生になると大人も風邪をひくんだということに気がついてしまう。つまり、親や先生という役割だった人の生身の姿に触《ふ》れて、パッとわかってしまう瞬間《しゅんかん》があります。

私が驚《おどろ》いたのは、道端《みちばた》で数学の先生とおしゃべりしていたら、先生のお母さんが自転車で通りかかって、先生が「おかあちゃん！」って呼んだとき。すごく驚いたんです。「おかあさん」じゃなくて「おかあちゃん」だったって。先生も人の子だった、ということなんですが、なんだかいきなりそれを突《つ》きつけられた感じがしたことがありました。中学の頃《ころ》って、つい熱い鍋《なべ》を素手でつかんでしまうような瞬間があるんです。

大人は別世界の住人と感じるのは、大人に万能感があるからだということが今回学生のみなさんの話を聞いてわかりました。「大人は風邪をひかないと思っていた」なんていうことが出てきてびっくりしましたが、万能だという期待を抱《いだ》くからこそ、イメージが壊《こわ》れたときの失望や「わかってくれない」という裏切り感のようなものを大きく感じるのですね。

私が子どもの頃自分の周りにいた大人は、うまく人生を歩んでいく人もいたけれど、能力とは関係なく不運な人というのを何人も見てきました。思うに任せなかった、そういう大人がいっぱいいたので、万能感というものは抱きませんでした。むしろ、大人のすることをつぶさに見ていて、「大人って面白いな」と思うことのほうが多かったような気がします。苦労しながらも、どこか楽しそうにしている大人を見ていたんでしょうね。

うちは釣《つ》り船屋を営んでいました。あるとき隣《となり》の家のご主人を釣りに連れて行ったことがあって、それ以来、その家の男の子が私の顔を見るたびに「○○ちゃん家《ち》のお父さんは毎日釣りをして遊んでていいね！」って言っていました（笑）。

大人を見ていて、大人の真似《まね》をするのは好きでした。あるとき、小皿の上にコップをのせて、水をジョボジョボ注いできゅっと飲んだら、見ていた母親にひっぱたかれて叱《しか》られました（笑）。うちの前に酒屋さんがあって、夕方になると呑《の》み助《すけ》たちが集まって、きゅっと飲んで帰っていくんだけど、そういう立ち飲み屋さんでは、下に小皿をしいて、あふれるくらいになみなみとお酒を注いで、ひょいっと飲む。そういう飲み方をしているのを見ていて、ちょっと真似したくなったんですね。もちろん下品なお酒の飲み方で、そんな呑んべえの真似をしたらいけません！　と叱られたのです。道で出会ってひそひそと立ち話をしている大人も、見ていて楽しかった。人の集まるところで、ちょっと横に寄って「あ、わかってるよ」みたいな感じのやり取りだとか。幼稚園《ようちえん》くらいまでのことでしたけれど、大人の動作でやってみたいなと思うものが山のようにありました。中学生くらいになると、何かの動作にあこがれるってことはなかったんですけど、根っこには「大人は面白そうだな」っていう気持ちがあったような気がします。だから「早く大人になりたいな」と思っていたんじゃないかと思うんです。

ある時期から、大人たちの世界というものが、あまりリアルに子どもの目に入らなくなったように思います。子どもを大人と分けて、大人の世界に近づけないようにしながら、子どもの世界に閉《と》じ込《こ》めてしまったように思うんです。

私の子どもたちが通った中学校は、郊外《こうがい》の団地の多い地域にありました。お父さんもお母さんも、ともに仕事をしている家庭が多く、職場まで電車で一時間以上かかるということも珍《めずら》しくありませんでした。ここ十年くらいで大規模なチェーン店やフランチャイズ店が軒並《のきな》み建っていき、個人経営の商店などが極端《きょくたん》に減っていきました。酒屋さんはコンビニエンスストアに、喫茶店《きっさてん》はコーヒーショップに姿を変えていきました。肉屋の誰《だれ》それの家に遊びに行ったら、お父さんがお客さんと喧嘩《けんか》していた、なんて光景は、めったに見られなくなりました。

そればかりか、家庭の中でも、お父さんは夜遅《おそ》くならないと帰ってこない。接する機会が少ないからどんな仕事をしているのかさえわからないし、家も遠いから、お父さんの職場の同僚《どうりょう》が家に遊びに来るなんてこともほとんどなくなりました。

社会のあらゆることが分業化して、大人自身、やっていることの全体像が見えなくなった。そういう社会の大きな変化の中で、おそらく大人は、子どもを子どものままに置いておくようにしちゃったんじゃないかと思うんです。

大人と子どもの世界が分かれてしまった結果、風邪をひいても会社に行くお父さんを見て「大人は風邪をひかないんだ」なんていう幻想《げんそう》が生まれたのでしょう。大人だって風邪もひくし、弱音も吐《は》くんです。最近は学校でも積極的に職業意識を高めていくようなプログラムを取り入れるなど、子どもを隔離《かくり》してしまうのではなく、大人の世界に上手に近づけていく努力を始めていますね。

「大人は敵」だった時代から

大人と子どもの関係のいわゆる世間一般《せけんいっぱん》のイメージは、ここ三十年くらいで大きく変わったように思います。私たちが中学生の頃は、大人というのは越《こ》えるべき相手であり、打倒《だとう》すべき敵であるという、対立のイメージが強烈《きょうれつ》にありました。私はそこに違和感《いわかん》を持っていました。ただ、一般的な雰囲気《ふんいき》は単純に大人は「敵」と見なしてやっつければよかったわけで、とてもわかりやすい図式があったんです。そういう時代だったんですね。

どうして大人を「敵」と見なす雰囲気があったのか不思議ですね（笑）。それぞれの育った時代背景があまりにも違っていたということがあると思います。

私を育ててくれた大人の世代は、だいたい小学生くらいで終戦を迎《むか》えています。私の親たちの中学高校時代は、あっちもこっちも焼け野原で、国全体が貧しく、厳しい現実の中で成長したわけです。新しい教科書をつくる余裕《よゆう》などありませんから、軍国主義的な表現の部分に黒く墨《すみ》を塗《ぬ》って使っていたわけです。敗戦国だから仕方ないんだけど、自分たちの価値観をまざまざと否定されるさまを見ながら育ってきているので、ものの見方がとてもシニカルなんです。まぁ、そのシニカルな言い方がちょっと面白かったりするんですけど、自分より若い世代の人間が豊かになった社会の中で暮らしているのを見ると、ひと言皮肉を言わないと気が済まないようなところがあったようです。

「戦争に負けちゃったんだから欲《ほ》しがっちゃいけない」なんて母は時折、言いだすことがありました。半分冗談《じょうだん》ですけど。母は子どものときに「贅沢《ぜいたく》は敵だ」とか「欲しがりません、勝つまでは」なんて教えられていたんですね。そういう子どものときに教えられたことは、ずっと残るみたいで、世の中がだんだん贅沢ができるようになっていくのですが、そのへんの変化に母は、不満とも違うんだけど、ちょっと割り切れないものを感じていたみたいでした。

話をすこしさかのぼると、私の祖父母は明治生まれでした。その頃の学校教育っていうのは、今ほど大きな地位を持っていなかったようです。祖母は小学校を出るとすぐに行儀《ぎょうぎ》見習いに行ったそうです。祖母は新小岩《しんこいわ》の農家の娘《むすめ》でした。わりに大きな農家で、冬、芹《せり》が採《と》れる頃には、芹を売ったお金はお小遣《こづか》いにしていいよと、祖母のお兄さんから言われたという話を聞いています。で、行儀見習いというのは、自分の家よりもすこし上流の家に奉公《ほうこう》に出て、そこでいろいろな生活の知識を見習うことを言うのだそうです。女中さんとして奉公するのとは違うみたいで、奉公に来られた家のほうでも他所《よそ》の家の娘さんを預かって教育するという感覚があったみたいです。

祖母が行儀見習いに行ったのは靖国《やすくに》神社のそばにあったお屋敷《やしき》だというから、たぶん麹町《こうじまち》とか、そんなあたりじゃなかったんでしょうか？　そこの家のお嬢《じょう》さんのお世話をするのが仕事で、毎朝、靖国神社の境内《けいだい》を横切って女学校に送り、学校が終わる時間になると、今度は迎えに行く。帰ってきたら、お嬢さんの着物やはかまを畳《たた》むというのが仕事だと言っていました。この話を私は中学へ入学する直前の春休みに祖母から聞きました。春休みに、祖母が東京見物に連れて行ってくれて、靖国神社の境内を歩きながら、この話を聞きました。奉公は楽しかったみたいです。今でも九段《くだん》の坂とか歩くときにこのことを不意に思い出すんですけど。

母が冬にシミーズを着ていたら「真冬にそんなものを着るなんて、ものが乏《とぼ》しくて貧乏《びんぼう》しているのを親に当てつけする気か」と祖母に猛烈《もうれつ》に怒《おこ》られたのだそうです。祖母はシミーズを夏のものだと信じていたそうです。和服には季節ごとの決まりごとがあって、そういう決まりごとを知らないとだらしがないとか言われることがありました。そういう感覚でシミーズを見ていたんですね。

親子でも時代が変わると常識が変化することがあるのです。祖母にしてみると、子どもに充分《じゅうぶん》なことがしてやれないという負《お》い目もあったのでしょう。

母と私も衣食の感覚は違いました。母はTシャツにジーンズなんてかっこうはしませんでしたから（笑）。

私はというとジーンズもはくし、Tシャツも着るし、サイズが問題にならない服だと二人の子どもが、私の服を持っていって着ているなんてこともあります。新しく買ったものほど、あれ？ない？なんて捜《さが》すと子どもの部屋に移動していることがあります（笑）。

私の母と祖母の間には、衣食住のすべてに大きなギャップがありました。母と私の間は、祖母と母の間に比べれば、ギャップは小さいでしょう。そして今、私と子どもたちの間には、そんなにギャップがないと言ってもよいでしょう。

平和なときが続いて、社会の価値観が安定して、経済力もある時代が続いたので、親子の価値観に違いがなくなっているんです。

これは幕末以来、百五十年ぶりに経験する安定だとも言えるんです。私たちの暮らしている社会は、それこそ黒船がやってきてからというもの、十年おきにどんどん世の中が変わっていく中、私たちの曾《ひい》おじいさん、曾おばあさん、おじいさん、おばあさんたちが営々と百五十年かけて努力してつくり上げたたまものなんです。その間にどれだけの人が死んで、どれほど多くの親子の感情の対立があったか。そういうものを乗り越えて今、親も子もわりに近い価値観の中で暮らせる世の中が築き上げられてきたんです。今、享受《きょうじゅ》している時代に対してそういう目で眺《なが》めてみれば、大人と子どもが互いに言っている悪口もちょっと意味が違ってくるのではないかと思うんです。社会の洗練っていうのはそうして生まれてくるんですよ。

ただ、いつの時代でも年寄りは若い人の悪口を言いたいみたいです。ギリシャ時代の年寄りも、江戸時代の年寄りも「今の若い人は」って言っています（笑）。

親の昔話を聞いてみよう

父が亡《な》くなってから母は和裁の仕事をしていたんですが、細かい手仕事なのでテレビを見るわけにもいかないし、かといってラジオ番組もつまらない。そこで、母はある意味私をラジオ代わりにしていましたね。私が学校から帰ってくると、あれこれおしゃべりさせるのを楽しみにしていたようです。

最初は「学校で何があったのか、話してごらん」という感じで、私が一日の話をひと通りするわけですが、話が尽《つ》きてくると、新聞で読んだニュースや読んだ本の話、町で出くわした面白い人のことを話していました。

母が面白がるだろう話を、ほんのちょっと膨《ふく》らましてみたり、抑制《よくせい》をかけて、子どもなりに選択《せんたく》して聞かせていました。だから、耳に入れたくないことはいっさい話していない（笑）。どうでもいい話だけど、相手が喜ぶようなことを選んで面白く話すってことを、ずいぶんやっていたんだなと思います。

私が話すばかりじゃなくて、母も昔話をするのは好きでした。六人兄弟の長女だったせいもあって、曾おじいさん、曾おばあさんの話などもいろいろ聞かされていたので、結構いろいろなことを覚えていて、うちの親戚《しんせき》にはこういう人がいて、ある日こんなことをしただとか、そういう古い話をたくさんしてくれました。おかげで叔母《おば》たちよりも私のほうが古いことを知っていたりします。何度も同じ話をすることもあったけど、ちょっと内容が変わっていたり、母もあとになってくるほうがうまくなっていたり……。昔話をするのが仕事みたいに、私の親や叔母たちは話してくれましたね。

お葬式《そうしき》などで人が集まるようなことがあると、誰が誰で、こういうことがあったんだよ、覚えておいてね、という話を聞かされたこともあります。そういうふうにして自然に親戚の関係を覚えたり、人との付き合い方を教えられたりしたんですね。おしゃべりを聞きながら大人の見習いをやっていたんです。

親の昔話や親族の話などを聞くとね、当たり前だけど、大人は最初から大人じゃなかったんだなってことがわかりました。〝親〟としか見えていなかったものが、そういう生《お》い立《た》ちだったのかということが見えてくるんですね。

大人たちにちょっと昔の話を聞いたら面白いと思う。親の幼い頃や若い頃の情景が、まるで見たことがあるかのように聞こえてくると、お父さんやお母さんでしかなかった人が、一人の人間として立体的に見えてくるっていうのかな。

母と私の怒り方は同じだなと思ったら、おばあちゃんがそうだったのね、といったようなことがわかることもあります。聞いたときすぐに何かが変わるわけではないけれど、自分が年を重ねていくうちに、だんだんと親や自分を理解していくってことには、役に立つと思うんです。

大人見習い期間

作法や礼儀《れいぎ》は必要なの？

私のすこし上の世代くらいまでは、中学を卒業すると社会に出るという発想があったので、高校生くらいの年齢《ねんれい》はもう、大人として扱《あつか》われていました。私の時代にはすでに高校進学率は九十パーセントを越えていましたが、まだそういう空気が残っていました。先生は生徒を大人として扱っていたと思います。中学生はともかく、高校生はいわば大人見習い期間に入っているという見方をされていました。

それから三十年くらい経《た》っているわけですが、義務教育の延長としての高校ということが定着し始めた時期から、高校生も大学生も〝まだ子ども〟というくくりになってしまったのかもしれません。せいぜい大学三年生で就職活動を始める頃から、大人見習い期間が始まるのでしょうか。期間はだいたい半年くらい。それで大人の顔をして会社の面接を受けに行くんですから、大変なはずです。これは、見習いを引き受けなかった大人のほうにも責任があるでしょう。

大人見習い期間がないのはちょっとつまらないのかもしれない。見習いは楽しいんです。何をやっても初めてだけど、失敗も許されて、楽しんでいい時期でもあるんです。

ちょっと無理を言うと、自分自身をいつまでも子ども扱いしないで、すこし背伸《せの》びして、自分で大人見習い期間を設けてもいいのかもしれません。

大人として扱われるということは、対等に大人と付き合えるようになっていくということでもあるんです。そのためにいろいろ身につけていくように言われるんですね。そのひとつに「礼儀」というのがあります。

私自身は、中学の頃を思い出すと、この「礼儀正しくしろ」と言われるのがものすごく嫌《きら》いでした。

本来、礼儀作法というのは人と付き合う上で、円滑《えんかつ》なコミュニケーションをしていくための配慮《はいりょ》が形になったようなものだと思うんです。ところが、私が学校で教えられた「礼儀」は、どこか軍隊式の団体行動のようなもので、「起立」「礼」で始まって、廊下《ろうか》は黙《だま》って右側を歩けと言われ、運動会には行進の練習をするようなものでした。今はだいぶ違ってきていると思いますが、当時の私には、「礼儀正しくしろ」という言葉はたいへん窮屈《きゅうくつ》で意味のないこととしか感じられませんでした。だいたい「あれをするな」「これをしてはいけない」といった禁止《きんし》事項《じこう》が多かったのを覚えています。中学生くらいで、どんどん自我《じが》が目覚めて個性が出始める頃というのは、おしゃれがしたかったり、自分をいろんなふうに表現したいという欲求でいっぱいになっているから、放っておくと大変なことになるっていうので、先生たちはどうしても禁止事項をつくって抑《おさ》えるほうに向かってしまうんです。でもそれを言われる当人たちはそんなことは見えていないから、何か言われるごとに腹が立ってしまうんですね（笑）。

着ることとか食べることの楽しみの延長として礼儀とか作法を教えてもらうと楽しいですね。母が和装の仕事をしていたこともあって、着物のことではずいぶんいろんなことを教わりました。子どもの頃、お正月に晴れ着を着るようなときには「お正月だからこういう柄《がら》を着ようね」とか、大人になってからも「お祝いの席ならこういう柄がいい」「半襟《はんえり》（着物の中襟のところにちょっと見せる色や柄のあるもの）はこういう柄のものをかけると、ちょっと立場や身分と合わないからこっちのほうがいい」なんていうふうに、ずいぶん楽しそうに教えてくれたものです。

装《よそお》いって、見た目のよさとか見栄《みえ》だけで着るんじゃないんです。着ていく場所だとか、理にかなっているとか、相手に対する敬意を表すためのものなんだっていうことがすこしずつわかっていきました。

そういえば、私の弟が中学一年の夏休みに、二週間くらいイギリスにホームステイしたことがありました。ちょうど私と弟で、家の屋根のペンキ塗りをしていたんです。すると母が下から「おっちゃ〜ん（弟はそう呼ばれていた）、あんたイギリス行く？」って言うから、弟は何《なに》気《げ》ない感じで「あぁ、行ってもいいよ〜」ってことで行くことになりました。母はダイレクトメールを見て、すぐその気になったみたいです。私も弟も屋根の上ですから本気にしてなかったんです（笑）。

いろいろと荷づくりをして、普段着《ふだんぎ》のほかにブレザーが一着くらいあればいいだろうということで、ワイシャツやネクタイは持っていきませんでした。弟はちょっと困ったみたいです。結局誰かから借りてなんとかなったらしいんですが、イギリスでは、中学生くらいの少年になると、一人前の男として、よその家を訪問するようなときには上着を着てネクタイを締《し》める習慣なんだそうです。

日本の着物もそうだけれど、エチケットやマナーを、着ることを楽しみながら覚えていくものです。おしゃれって楽しいことですしね。

礼儀は人と自分の接点になる部分のしきたりだと考えてもいいかもしれません。「人の気持ちを思いやれ」って言われても中学生のときはよくわからなかったんです。そう言われると、なんだか自分を捨ててそっちにつけ、と言われているような強迫観念《きょうはくかんねん》さえ感じていたんです。礼儀というのは、人とうまくコミュニケーションをするためのものだったんだなということにようやく気がついたのは、大学を出た頃ですね。礼儀作法は相手を思いやる形なんだと。

だから、挨拶《あいさつ》とか食べるとか着るといった動作振《ふ》る舞《ま》いにいろいろとマナーがあるんですね。そんなふうに日常生活の中で、深く楽しみながら、覚えていくものなんだということがわかってから、私自身の礼儀作法に対する見方や感じ方も変わってきたように思います。

ただね、マナーってちょっと破ると楽しいんだってことも、大人になってから私は教わりました。ほかの人の目に不快でなく、自分が楽しく振る舞うってことが大事なんですね。そういう上級編に進む前に、あんまり小うるさいことを言われるとイヤになっちゃうから、楽しみながら覚えていってくださいとお願いしたいですね。

大人の知り合いをつくってみる

学校の先生や家の人以外の大人の知り合いって、今の中学生にはどのくらいいるのでしょう。学生の話を聞いていてもあまりそういう大人が出てきませんでした。

道で会って、ちょっと話ができるような大人……隣のおばあちゃんでもいいし、いつも行く歯医者の先生や看護師さんでもいい。学生たちに、そういう人がいましたか？という質問をしたら、ほとんどの答えが「塾《じゅく》の先生」でした。塾の先生も先生だから、とは思いましたが、学校の先生とはちょっと違う存在ではあったようです。

私は中学のとき、華道部《かどう》だったので花屋さんと仲良くなって、よく花のことなどを教えてもらっていました。ほかにもピアノを習っていたので、楽譜《がくふ》を見に行った楽器屋さんで年上の人たちとおしゃべりしたりと、考えてみたら結構、親や先生以外の大人との接触《せっしょく》があったのを思い出します。

もともと家が釣り船屋だったという話をしましたけれど、客商売なので、お客さんの相手をすることも多かったんです。それは小さいときでしたけれど、「こんにちは。疲《つか》れましたか」なんて言いながら、結構その場をつないでいたことも、大人と話をするときに役立っていたかもしれません。

友だちがたくさんいたり、先生や親といろんな話ができるよ、というのももちろん素晴らしいことなんです。でも、ちょっと異質な、外からこちらを見てくれるような〝第三の大人〟みたいな存在とつながるということは、また別な意味を持っているんだと思うの。つまり、塾の先生やスポーツクラブのコーチのように、いつも付き合っている人ばかりではなくて、病院の先生や近所のお店のおじさんやおばさんのように、たまに顔を合わせるような、それでいて知っているという人のことなんです。

同じ世界の者とだけつながっていると、そのうち「話さなくてもわかる」ように錯覚《さっかく》してしまって、いつのまにか自分自身のことを話すためにつかう言葉さえ減っていってしまうおそれがあるんです。話さないとわからない、話さないといけないことというのがあります。そういうことに気づかないで過ごしてしまうんです。それを意識しないといけないんじゃないかと思うんです。

私たちの時代だと、買い物に行くと「○○ちゃんは別嬪《べっぴん》になったね」「これをお母さんに持っていって」なんて声をかけてもらって、すこしずつ家庭や学校以外の大人と話していたものです。今は付き合う人の種類も限られて、話をする学習ができない不便さを抱《かか》えているといってもいい。そのことを自覚して、付き合いの幅《はば》を広げるようにしていかないといけないのかなと思うんです。

いろいろ子どもが巻き込まれる事件なども増えて、知らない大人とつながるってことはとても難しい時代になっているのも事実です。でも、病院で看護師さんや先生と話をするくらいだったら、できるでしょう。いつも行くプールで、監視員《かんしいん》のお兄さんと話をしてみるくらいならいいんじゃないかなって思います。

挨拶は話の糸口

急に大人と話をするといっても、どうしていいのかわからないってことがあると思います。でも、そんなに難しいことではないんですね。「挨拶をする」「お礼を言う」ということから始めてみてください。簡単過ぎると思うかもしれないけれど、実はそれが話の糸口になっていくんです。

例えば本屋さんで「はい、おいくらです」と言うのは当たり前。で、お金を払《はら》うと店員は「ありがとうございます」って言うけれど、こちらからも「どうもありがとう」って言ってもいいんです。運よくすぐ次の会話に進むこともありますが、たいていは何度かそういうことを重ねて、その次は「最新号入ってますよ」みたいに、ふとした機会に会話が生まれるってことがあります。

挨拶されるってうれしいものなんですよ。私も、息子《むすこ》や娘《むすめ》の小さい頃に遊んでいた友だちから、ある日突然《とつぜん》、低い声で「こんにちは」なんて言われると、ちょっとうれしい気持ちになるんです。小さい頃は私の足元から響《ひび》いていた声が、今じゃ私の頭上から声が降《お》りてくるような感じになって、「へぇ～」なんて思う。「こんなに大きくなっちゃって」って言うと、顔をゆがめながら「すみません……」なんて（笑）。

話しかけるのって、とても大変だと思うんだけど、ちょっと何かしてもらったときには「ありがとう」って言うだけで、事《こと》がうまく運ぶこともあるんですよ。だから、そういうことを日頃から心がけていることが大事なんです。

というのは、もうひとつには、挨拶をすることで自分は怪《あや》しい者ではありませんというアピールをする意味もあります。治安のいい社会を築いてきた日本は「怪しい者ではありません」

と言わなくていいかわりに、まるで強盗《ごうとう》みたいな憮然《ぶぜん》とした怖《こわ》い顔をしてエレベーターに乗っている人をよく見かけますが、外国で、エレベーターのような密室に入ると、自分は強盗ではありませんということを示すために「ハロー」とか「グッモーニン」なんて挨拶をしている。山道でも同じことをしていますね（笑）。

会話から対話へ

挨拶が会話の糸口なら、そこからさらに進んでいくと、今度は「対話」という技術が必要になってきます。

中学生になったら急に先生との話が通じなくなったという学生がいましたね。そういう地点を通過して、どうしたら自分の話をちゃんと聞いてもらえるかとか、話し方の工夫がきっと生まれてくるんでしょうね。

会話と対話って違うんですよ。

人の会話って、だいたい共感から成り立っています。「そうそう、そうなんだよね」って言いながら、気持ちを盛り上げたり、慰《なぐさ》めたりしている。それはそれで心地《ここち》いいことなんです。しかし対話は自分と意見が違ったり、感覚の違う者と向かい合って「違うんだな」っていうところから話をしていくような感じです。

十代って批判意識も芽生える頃なんですね。でも意見や価値観が違うときに乱暴にも「違うよ!」って言い切ってしまって、喧嘩別れになったりもします。そうならないために、相手の言ったことを復唱してみるといいんです。私も、緊張《きんちょう》している場面では意図的に復唱するようにしていますが、相手の言っていることを理解した上で、別の意見を言っているんだよという意思表示をするみたいなところがあるんです。相手の言ったことを理解しないで、それは反対だというふうに続けてしまうと、一気に緊張が走るでしょう。理解はしているけれど、妥《だ》協《きょう》案を考えてもらいたいときに、「こういうことを言っているんでしょう」と、ちょっと相手の言っていることを要約して復唱すると、人は安心して話を進める気になるし、話も聞こうということになるものです。だって、自分の言ったことを真《ま》っ向《こう》から否定されたら、やっぱり敵意が生まれるでしょう。あなたの言っていることはこういうことだとわかる、でもその上で私はこうしたい、こう思っているんだということになれば、話が続けられるんです。

難しいようですけれど、これはやってみる価値があると思うんです。特に自分の言い分を聞いてもらうために大人と話をするときにはね。

中学生はとっても野蛮《やばん》で、怒鳴《どな》れば、みんなが言うことを聞くんだ、といういちばん乱暴な手段を最初に覚えたりしますね(笑)。その次に、すねて口をきかずに不機嫌《ふきげん》でいる、そうすれば相手がいろいろ尋《たず》ねてくるっていうことを覚えて……。どうして不快なほうから覚えてしまうんでしょうね。

友だちと楽しくしゃべっているときは、相手の話を聞くってことをことさらに意識しなくても自然にできていると思うんですが、対話は相手の話を聞くことを意識しないと成立しないんです。若くてエネルギーがあるうちは、聞くことがとても下手だと、思っていたほうがいいでしょう。聞く耳を持たないという意味もあるし、相手の話をすべてうのみにしてしまうという意味も含《ふく》めてです。

私たちの世代は、まだどこかで意見は一致《いっち》させなくてはいけないというような雰囲気の中につかっていて、平行線が見えてくると最後は殴《なぐ》り合《あ》いだってことになっていました。私たちは答えの出ないようなものについてお互いの感じ方や考え方の違いを了解《りょうかい》していこうというような話し合いは上手じゃないと言ったほうがいいですね。

答えを出すのと、対話をするのでは練習の方法が違うと思います。すごく広い世界が広がっていて、思いもよらない奇人《きじん》変人が大勢いるということは知っていてもいいと思います。それで多少意見の違う人と話すと、自分の感じていることがどういうものか浮《う》き彫《ぼ》りになったりもするんですよ。人を傷つけまいとして、ほんとうは対話をしたいのについつい心にもない同意を示して会話をしてしまっているっていう中学生、結構いるんじゃないかな。違うところから出発する対話ができるようになるのは、ほんとうに面白いことなんですよ。

「人のために」ということ

上機嫌でいること

私は人を不愉快《ふゆかい》にさせないことを礼儀だと思っています。礼儀というものは時代によって変わると思いますが、その表現は自己流ですこし工夫すると面白いものなんです。

アランの『幸福論』にこういう一説があります。

「もしぼくが、たまたま道徳論を書かねばならなくなったとしたら、ぼくが書くべき第一のものは上機嫌についてであろう」

大学生の頃にこれを読んで、そうなの？ なんで「上機嫌」なんて表面的なものが道徳の一番に置かれるんだろう、と驚いたのをよく覚えています。

思い出すと、私の大学の頃は、先生ってものは不機嫌なものと決まっていたんです。たいいの先生は深刻で不機嫌な顔をして偉《えら》そうにしていたんです。だから「不機嫌」と「深刻な顔」と「偉そう」は三種の神器《じんぎ》でパックになっているものだと思っていました。

不機嫌って伝染すると思うんですよ。周りにいる人にもうつってしまって、その場全体がかたくなってしまう。すると、楽しいことや美しいことが見つけづらくなっていくんですね。

また人間っていうのは動物だから、不機嫌な大人を見て育つと、不機嫌な子どもができ上がってしまうんですね。

実をいうと私は、三十代の頃に強烈《きょうれつ》な鬱《うつ》状態になってしまったことがあるんです。その頃から「あ、機嫌よくしないといけないな」と思うようになりました。心臓神経症や肺に酸素が入り過ぎた状態になることで呼吸ができなくなるという症状に見舞われたんです。目の前が真っ暗になって全身から冷《ひ》や汗《あせ》が出るんですが、その後十五秒から二十秒くらいの間、意識がなくなるんです。「あぁ、死んじゃうかもしれない」と思っていると、だんだんすーっと目の前が明るくなって、冷や汗が引いていく。そのとき、とても気持ちいい。あるとき、これは身体《からだ》が気持ちいいっていうことを思い出させようとしているんじゃないかという気がしたんです。

お医者さんもね、機嫌よくする努力をしなさいって言うんですけど、機嫌よくする努力といっても、とても抽象的《ちゅうしょうてき》でしょう？　笑いたくもないのに無理に笑っても気持ち悪いし。だから、機嫌がいいっていうのは気持ちの問題なんだけど、身体で感じられる機嫌のよさみたいなものを拾い集めてみようと思ったんです。

おいしいものを食べたり、いい匂《にお》いをかぐとか、気持ちのいいものを触《さわ》るとか……。中でも絹に触るのが、とっても気持ちがいいってことに気がついたんです。それで、ずいぶん絹のスカーフを集めました。ほかにはハサミを一所懸命《いっしょけんめい》に砥《と》いで、新聞紙をシャーっと切るなんてこともやりました。「ぷよぷよ!」っていうゲームにはまったこともありました。これは夢中になり過ぎて、夜中に奇声をあげたりしたものだから、子どもたちに「もうやめなさい」って言われちゃった(笑)。身体が気持ちいいことをしてやると気分も落ち着いて、機嫌よくなってきます。

『幸福論』に、もうひとつこういうことが書かれています。

「われわれが自分を愛する人たちのためになすことができる最善のことは、自分が幸福になることである」

私も我が子の楽しそうな笑顔や満足気な様子を見ているのが、とても幸せでした。機嫌よくするって、そういうことなんだなと思います。人が幸福そうにしているのを見るのは楽しいでしょ。上機嫌は他の人の幸せをつくるのです。

「世のため人のため」

中学くらいになると、お年寄りの手をひいたり、小さな子の面倒をみたり……社会的にそういった役割も求められてくる年頃ですね。

人の役に立つ、人のために何かをするっていう考え方があります。人を愉快にさせようとか、気持ちよくさせてやろうとか。好きな人に対してだったら、そういう気持ちを常日頃から抱いていると思います。これって、大人になる上で、というより生きる上で最も大事なことかもしれないんです。

自分が何かに秀《ひい》でていて、あるときその知識が役に立つ場面があれば、きっと「それはこういうことだから、こうしたほうがいいんだよ」とアドバイスしたり実際にやってあげるでしょう。あなたの知識のおかげで問題が解決したり、みんなが助かれば、得意な気分になるよりも、人の役に立ったことが誇《ほこ》りに思えるってことがあるんです。腕《うで》のいい外科医が、ただ自分の技術を自慢《じまん》するために手術をするということはないわけですから。

今の学生は小さい頃から「勉強は自分のためにするんだよ」と言われてきています。それは間違っていないんです。でもね、自分のために勉強するのは、中学生までです。

中学までは義務教育ですから、社会に出ていくために必要な読み書きや計算の仕方や、基本的なものごとの仕組みを知るために勉強しているけれど、高校からはそうじゃなくなるんです。そこからは、自分が勉強したことを、どうやって世の中で役立てるか、程度は別にしても、やっぱりそういう気持ちがないと、高校以上の勉強はやっても意味がないし面白くないと思います。

「世のため人のため」なんて言うと、正義の味方じゃあるまいしと思うかもしれません。でも、例えば世の中には無数の企業があるけれど、会社はただ利益を追求するためだけでやっているわけではなくて、人が欲しいと思うものだったり、便利で役に立つものをつくろうと考えているわけです。それで利益を上げているのであって、人のためにもならないものをつくったところで、誰もお金を払ってはくれないでしょう。

だから、自分がいい給料をもらったり、自分がいい思いをするために、人より能力があると思ったら、それは大間違いだと思う。人の役に立つために人より能力があると思うんです。全部一人でできたら二十四時間寝《ね》る間もなくなっちゃうから、人の能力はそれぞれ違うんで、分担する。ここはあなたにお願いします、私はこちらをやりますからって。世の中はそういうふうにできているんです。だから、自分という人間のあり方を考えなきゃならないと思うんです。

持てる者は分《わ》け与《あた》えなくてはならないってことを、人間は知恵として積み重ねてきました。人のためになんて思うのは思い上がりだと言われることもあるかもしれません。しかし、時に思い上がりも必要なのです。中学生でも高校生でも人の役に立つことはできるんです。文学部に来ている学生たちに言うんです。自分のためじゃなくて、世界のためだと思って本を読んでごらん。一行の詩が大勢を救うこともあるんだからって。

もうひとつ、人のために働くということの裏側には、もしも転んだときには誰かが助けてくれるというのん気さみたいなものが約束されているんです。誰だって自分がこぼれ落ちたくないという気持ちがありますよね。でも、滑《すべ》って落ちたら誰かが助けてくれるよってことがあれば、そんなにキリキリしなくていいんです。人の助けも借りないかわりに、人も助けないよっていうのでは、やりきれないでしょう。

「大人」の時間の

おまじない

●料理をつくる。それを誰かと一緒《いっしょ》に食べる
——おいしい！ は幸福の第一歩かな？

●自分の靴《くつ》を磨《みが》く・洗う／家族の靴を磨く・洗う
——大人になるのは足許《あしもと》からかな？

4

時間目

「いのち」の時間

私は中学は楽しかったので「自分が自分でよかったと思える時代」でした。でも、高校に入ってからは楽しくなかったので、何か裏切られた気がしていました。今中学生のみんなも、これから何かに裏切られたりするかもしれないし、突《つ》き落《お》とされたりもするかもしれないけど、生きるってことは楽しいことばかりじゃない。その中で楽しいことに出会えたらとてもラッキーなことなんだから、とにかく生きてほしいと思います。

（はやさか）

学生が語る❹

死んだら何が残るのだろう？

「自殺する」ということ

――私の父は十歳《さい》のときに亡《な》くなりました。で、十六歳のときに母が脳梗塞《のうこうそく》をおこして意識不明になるの。そのとき、母方の祖母が来て私たちの面倒《めんどう》をみてくれたんだけど、ふと考えたことがあって。それは、年の順に「死ぬ」ということをあまり考えなくなるんだなということ。祖母はそのとき六十歳を過ぎていたから、死ぬなんてことは、〝くわばら、くわばら。めっそうもない〟って感じで。でも私は十六歳で、「死ぬ」ということをいろいろ考えたんです。「死」まで距離《きょり》があるほど、「死」について考えるんだなと、そのときに感じたの。作家の宇野千代《うのちよ》は百歳を前にして「……何だか私死なないような気がする」と言っていました（笑）。

メガネ　高校三年間は僕《ぼく》にとって〝暗黒時代〟だったんだけど、その頃《ころ》は毎日、死にたいと思ってました。でも「死」への恐怖《きょうふ》よりも、「痛み」の恐怖のほうが勝っちゃう。痛いんだったら死なない、みたいな。空想の中で自殺して……楽しんでるワケじゃないけど……。

呉島乱　オレ、小学校二年か三年のとき、すごい死ぬことを考えてた。っていうのは、「いじめ自殺」があったんだよね。そのとき自分に〝自殺ができないコンプレックス〟みたいなのが生まれて。こんなに毎日、

「死にたい」って言ってるのに死ねないなんて、オレは言ってるだけのニセモノじゃないのか？　って。こんなオレは何なんだ⁉　って。それが、すっごいコンプレックスだった。

ジャック　私が最初に死にたいって思ったのは小四のとき。全国的にいじめがクローズアップされた頃だった。私もいじめを受けてたからね。そのあと中三のときもつらかったんだけど、すでに精神的に死んでいる状態だったというか、あんまり生きてるって実感がなかったから、特に死にたいとも思わなかった。そのかわりに自傷行為《じしょうこうい》が出たのかな、と思うんだけど。一日の終わりにコンパスで、てのひらを刺《さ》すの。それやると「あぁ、今日も一日終わったな」って、ほっとする。

でも、実際に死ぬかどうかは別にして、これから先も、すごくつらいことがあっても、「いざとなったら死ねばいいんだ」って考えると、なんだかラクになるんですよ。

――夏目漱石《なつめそうせき》の『坑夫《こうふ》』という作品に「死は遠くにあるときは慰《なぐさ》めになる」という意味のことが書かれています。

メガネ　目の前にさ、死にたがっている中学生がいたら、どうする？

ジャック　何か言えますか？　私、何も言えないな……言えないけど、とりあえずそばにいるよ。最近思うんだけど、「生きろ」って言葉も「死ね」って言葉と同じくらい、きつくない？　だって、もう十分にがんばってるのに、それ以上がんばれないでしょ！

呉島乱　う……ん。

信秀　たぶん、今は昔に比べて自殺という概念《がいねん》がすごく身近になったと思う。自殺したら周りがどう反応するかってことを、オレたちはたぶん知っちゃってるんだよね。メディアが動くとか、親が悲しむとか。これが二、三十年前だったら、自殺するってことは、つらいことがあったときの選択肢《せんたくし》には、なかなか出てこなかったんじゃないかと思う。

メガネ　自殺を止めるいちばんの方法は、報道しないこと！

アキ　あ～、それあると思う！

メガネ　報道すると、流行《はや》るよね。

信秀　自殺ってたぶん、自分のアイデンティティを保つ最後の手段なんじゃないのかな。自殺って、自分で選ぶものじゃない。「いじめ自殺」の人も、自分はつらかったんだという最後の抵抗《ていこう》であって。周りから見たらバッドエンドだけど、自分にとっては最良の道なんだって。それで選ぶのかなと思う。

呉島乱　尊厳を守る、みたいなね。

信秀　そう、そう。

自殺のあとに残るもの

――もともと日本の文化は「自殺」を許容している文化だと思うけど、今はどうだろう？

メガネ　今は、しちゃいけない、しちゃいけないと言いながら、もてはやしてるっていうか……なんだかんだで、許容してるんじゃないかな。

呉島乱　いいとは言わないけど、自殺してまで軽く扱《あつか》われたくはないな、と。

メガネ　でも重く扱われすぎて、「オレが死んだらこういうふうに報道されるのか」って、テレビの画面に映っている他人の死を、自分の死というふうに見ているとか……。で、「オレも死んでみようかな」ってことになるのかも。

――みなさんの話を聞いていて、中学生の頃にいちばん問題になっているポイントに「プライド」というのがありました。「日本の文化は自殺を許容しているのか」と質問したのは、古い日本には、死に方に名誉《めいよ》があったわけだから。

アキ　切腹！

――切腹にはお作法もあったし、切腹していいときと、いけないときがあったのよ。あらゆる自殺を許容しているわけではないんです。死に方として、「名誉ある死に方」と「不名誉な死に方」とがあって、そこで人は悩《なや》むわけです。こんなことで死んでは不名誉だと考え直したりするの。

呉島乱　どうも、一律、美化していないかな、今の日本だと。自殺した人をけなす人は、そんなにいないと思うけど。犯罪者でも、自殺したら、まぁコロッといいように変わらないにしても、多少は美化されるんじゃないかな。

ジャック　美化されるというか、非難は軽くなるよね。

アキ　人からどう見られるか、気にしすぎてると思うんだよね。なんか、自分で考えて死ぬんだったら、死ねばいいと思うし。「名誉」って人から与えられるものじゃん。

信秀　オレにも、自殺願望ってあるんです、少なからず。理想の生き方みたいなのがあって、もしこの世界でやりたいことが尽《つ》きてしまって、自分の人生もういいよと思ったら、自殺しようと思ってるんです。しないと思うんだけど、実際には。次から次へとやりたいことが増えるだろうからね。でも、「殉死《じゅんし》」ってあったじゃない。あれは自分が信じているもののために死ぬわけだけど、今の日本は宗教もなくて自分が宗教みたいなもので、自分がこうだと思ったら死んでもいいよという覚悟《かくご》がある、と。それが「名誉」なのかなと、オレは思います。

メガネ　僕は、「名誉」というか、他者からの視線というものが、めちゃめちゃ気になる。

アキ　私は、「名誉」よりプライド？　自尊心のほうがいっぱいだ。

ジャック　私も、「名誉」より自尊心のほうが強い。

――自殺したあと、人がどう思ってくれるかということを、どう考えて自殺するのかな。

ジャック　結局、名誉とか考えても、死んだら全部終わるからいいよ、って私は思う。死んじゃったら、あとのことは何もわからないし。そこでおしまいなんだから。

メガネ　自分が死んだあと、親に気づいてもらいたいというのは、ない？

ジャック　イヤ、親には気づいてほしくないもん。死んだあとでもイヤ。

メガネ　オレは、死んだあとで、みんなが事《こと》の重大さに気づいてほしい、みたいなのがある。

ジャック　死んだあとに、いじめとかが原因で自殺したことがわかったら、たぶん親は自分を責めるよね？　気づいてあげられなかったと。そんなこと、考えなくてもいいよ。私はそう思っちゃう。私が死んだあとに、ものごとを決め込《こ》まれたくもないし。

——そういう堂々巡《どうどうめぐ》りを考えるときに、何か忘れている要素があると思うの。自分に自信を持っているという自分ひとりで納得《なっとく》した状態だと、「私がいなければ世界はない」とさっき彼女《かのじょ》が話したことが完全に成り立つ瞬間《しゅんかん》があります。ところが、そこにひとつ「名誉」という感覚を持ってくると、「私がいなくても世界は残る」ことになるでしょ。

呉島乱　死ぬことを「美化」する方向であれ、「死ねば終わるんだ」という方向であれ、どっちにしても、なんらかの希望につながると思うんだけど。

——「死」を想像することはね。

生きているって？

いのちの誕生

自分が生きているってことの意味を、「価値」という言葉と同等に考えている若者が多いなと感じます。価値というと、役に立つというような合理的価値といった意味合いがあるでしょ。でも「価値」という方向からだけ考えてしまうと、じゃあ私は生きている価値がないから死んじゃおうかな、ってことが起きてくる。

誰《だれ》もが自分がこの世に生まれたとき「私はここにいる」ってことに、なんの疑いもなく満足して存在していたはずなんです。十代の頃《ころ》って、悩《なや》んだり揺《ゆ》れてしまうんだろうけれど、あんまり「いらない」っていうふうに自己卑下《ひげ》のほうに向かっていくようだったら、お釈迦《しゃか》様が言ったように「天上天下唯我独尊《てんじょうてんげゆいがどくそん》」とつぶやいてもいいんじゃないかな。「不遜《ふそん》になる」という手もあるってことを、頭の片隅《かたすみ》に置いておくといいかもしれない。

だって、自分がいなくても世の中変わらないって考えるなら、自分が不遜でいても、そんなに被害《ひがい》はないと考えたって許されるはずでしょう。

ところで、赤ちゃんって、この世でいちばん自信家で、満足していて、かつ尊敬の念を抱《いだ》かせる存在なんじゃないかと思うんです。みんな自然に頭を下げて「どうちたの」なんて言ってしまう。何か能力があるとか、優れているといったところと無関係なところにいて、「私はここに存在している、ゆえに敬え」と言っているみたいです。思わずこちらも「はい、わかりました」なんて態度になってしまいます。あの小さなぷくぷくの顔に見つめられると、多くの大人は、その瞬間《しゅんかん》にある種の感情を持つものなんです。それが存在というものなのだと思います。存在の重さ。赤ちゃんには似合わない言葉ですけど、赤ちゃんがいちばんよくそれを現しているように思えることがあります。

私の子どもが生まれたときの話をしましょうか。息子《むすこ》が生まれたとき、私は自分が子どもを産んで感動したということより、周囲の人のいろんな反応を見て、ずいぶん思うところがありました。

息子は生まれたとき髪《かみ》がほとんどなくて、それが夫のおじいちゃんにそっくりだったの。そのおじいちゃんは古い昔風の人で、初めて家に連れて行ったときも、みんなが抱《だ》っこ、抱っこって言っているのに、自分はそばでニコニコして見ているだけだったんです。でも、みんながほかのところに行ったら、そっと赤ん坊《ぼう》のそばに寄ってきて「こんにちは、おじいちゃんですよ」って（笑）。

母はね、退院するときに息子を抱っこしながら「たけちゃんにそっくり」って言うんです。

「へ？　たけちゃんって、お父さん？」って。おじいちゃんに似てるとか、あなたのお父さんに似てるって言い方じゃなくて「たけちゃんに似てる」だったんです。寝顔《ねがお》が父にそっくりだったそうです。「お父さん、ここにいる」みたいなね。そのとき父が亡《な》くなってから十五年くらい経《た》っているんです。だから、いつのたけちゃんに似ていたんだろうな……なんて（笑）。

子どもが生まれるっていうのは、その血縁《けつえん》のいろいろな遺伝子を受《う》け継《つ》いで生まれてきているわけでしょう。そこにはさらに叔父《おじ》や叔母《おば》なんていう存在もあったり、実にいろんな人がいるんです。みんなそこに、誰かを見ようとするし、見ている。そういう血のつながりというか、いろいろな感情というものを、静かに呼び合うものなんだなと思いました。それがとっても楽しかったし、新鮮《しんせん》でした。小さなあんよだな、手の中にはいっちゃったよ、なんて思ったりしながら……。

「生きる」ことを「死ぬ」ことから考える

私が十代の頃を思い起こすと、ちょっと嫌《いや》なことがあったりするとすぐに「死にたい」と思っていました。今思えば、あの「死にたい」は「ここからいなくなってしまいたい」っていう意味だったんです、間違《まちが》いなく。今なら、旅行にでも行けばいい程度のものだったのかもしれません。でも、当時はそういうふうに想像力が働いてくれませんから、どうしても「死にたい」っていう考えのほうへズルズル引きずり込《こ》まれる感じがしていました。

自分が「生きている」ということを意識してちゃんと理解できるようになってくるのは、だいたい小学校高学年くらいからだと思います。すると「死ぬこと」を考え始めるんです。わざわざ「あぁ死にたい」というのは、「死んで花実が咲《さ》くものか」って言葉がありますけど、やっぱり花実を咲かせたい、という反語が入っているんですね。反対側の、どうしたら生きてるって気がするようになるんだろうってことを、死にたいって言いながら考えているんです。

人間の精神にはものごとを反対から考えだす癖《くせ》が、結構あるんです。

「学校に行きたくない」と言いながら、同時に「学校へ行かなくちゃいけない、どうすればいいのか」と考えていたりします。

自分がここにいるんだということの意味を、いなくなることのほうから考え始めるのが、人間の面白いところで、犬や猫《ねこ》のような動物とは違うところです。人間特有の感覚です。

「死ぬこと」を想像することはとても大事なんです。死は起承転結のある時間というのかな、流れる時間みたいなものをイメージさせるところがあって、死ぬことを考えると、ただ生きているだけじゃなくなる。どう生きるかってことを考え始めてしまうんです。

死ぬことを考えるってことは、どう生きるかを考えることと深く結びついていると思います。簡単に言えば、死ぬというひとつの最終地点を考えることで、生きることが豊かな色を帯びて見えてくるんです。

生きている感じがするって、どういうこと？

「生きているんだか死んでいるんだかわからないような生き方をするんじゃないよ」って母親からよく怒《おこ》られていました。十代の年頃って、ボーっとしたりダラダラしてることが多いから、よくそう言って叱《しか》られました。じゃあ、生きているような気がするって、どういうことなのかなと思ったんです。

「みんなで生き生きと楽しく過ごしましょう」ということを学校でもよく言われているし、学生たちもみんなで楽しくやろうとしていると思います。でも、なんだか生きているんだか死んでいるんだかわからない状態の人、楽しくないのに無理に楽しいふりをしている人、結構いるんじゃないかしら。肉体は生きていても、精神の活動が死んでいるようなことって、あると思います。

小学生は勇猛《ゆうもう》で、自分が楽しい思いをするためだったら悪ふざけも辞《じ》さない、誰かが傷ついても気にしない、なんて困ったことをよくしますね。中学生くらいになればもうちょっと思慮《しりょ》深《ぶか》くなっています。だから、もうすこし上のランクの感じ方があるってことを、考え始めているのでしょう。

例えばね、死ぬほど苦しい思いをしているけど、すごく充実《じゅうじつ》しているなぁってこともあるし、人を楽しませるために、自分はちょっと苦しい思いをしているんだ、でも誰かが喜んでくれるなら、自分も喜びを感じられる気がするなぁとかね。そういう感じ方だってあるんです。そういうことが中学生になるとわかり始めるのです。

人がこの世に生まれて存在して、そして「生きる」とか「死ぬ」ということがあるわけですが、やっぱり「自分の生きる命はどこにあるのか」ということを、中学生になったらそろそろ考えてもいいんじゃないかと思うんです。

自分が「生き生きと、生きているような気がする」と感じられるのは、どんなときだろうと考えてみてほしい。生き生きとした状態、自分が生きているって感じられる精神の状態を自分で探してみることです。

存在と誇《ほこ》りについて

名誉《めいよ》ある死とは

学生たちとの話の中で「名誉ある死」ということについて私が質問をしましたが、なぜ「名誉」という言葉を持ち出したのかを、お話ししておこうと思います。

私たちの住む日本という国は、古くは自殺に対してある種の肯定的《こうていてき》な考えを持っている社会でした。切腹という言葉がすぐに浮《う》かんだ学生がいました。これは名誉ある死に方か不名誉な死に方か、といった「死に方」にひとつの価値観が存在していました。お家の名が汚《けが》されなかったか、武士としての誇《ほこ》りが守られたのか、といったことが、とても重んじられた時代が連綿と続いていたんですね。

今の日本の社会には、何があっても、自分で死んではいけない、自殺はいけないという考え方が広がっています。そういう考え方はまだ新しくて、すこし深みにかけているところがあります。昔の自殺を肯定していた社会の価値観のほうが、複雑で深みがあるように思います。今は自殺はいけないという方向で新しい価値観を育てている過程で、これから深みを育《はぐく》んでいくのだと思います。学生たちにこの「名誉」というかたい言葉を投げかけたのは、今を生きる彼らなりの言い分や、新しい発想のようなものを聞けないだろうかという気持ちがありました。いのちよりも大事なものはないのか、「生きる」ときに大切にしているものは何か——そこから、自分の生きているときにつくり上げている誇りやプライドについて、考えたことがありますか、と続けて聞きたかったのです。しかし「名誉」なんていう言葉は、最近あまり使わなくなったせいか、学生たちはきょとんとしていました。

みんなの持っている名誉

これは私の特殊《とくしゅ》な考え方かもしれませんが、例えば大きな石があるのを見ると「とっても名誉ある石だな、だってずっとここにいたんだもんなぁ……」って、そんな感じ方をすることがあります。その石がそこにあったからといって、石に能力や価値があるわけではない。でも、そこにあるということ自体が強い存在の主張を感じるのです。そういうものに対するある種の充実感と名誉とは、ふつうは結びつかないことは承知しているんですが「木の名誉」とか「石の名誉」ということを考えたくなるんです。よく名誉と価値という言葉を混同して考えている人が多いようですが、名誉と価値の間にある微妙《びみょう》な違いについて考えてみるのも面白いかもしれません。あまり格式ばったところからではなくて、もうすこし広げて考えてみましょう。

例えば、家族のために毎日がんばって働いているお父さんの価値というと、「お給料を運んでくれるだけ」なんて言い方をすることがあります。ではお父さんの名誉はどこにあるのか、それはきっちり家族を養っていることに名誉があると思うわけです。

なんだか「価値」っていう言葉には値段がつきそうな地上的な感覚があって、役に立つというような合理的な意味合いも含《ふく》んでいるようなところがある。でも「名誉」は、そういうものは含んでいない、ちょっと高いところにあるようなイメージがあります。

学生に「名誉」は人から与《あた》えられるものだ、という発言がありました。もうひとつ「名誉」には、その人の中の、寄りどころとするもの、約束ごとや掟《おきて》として存在するもの、という意味もあるのです。例えば、名誉職なんて言葉がありますが、時には、役に立たないものさえ「名誉」と呼ばれることもあって、社会の中における部品としての価値とはまったく違ったものを生み出しているんですね。存在そのものの値打ちの話をしているんです。社会の部品の話をしているのではありません。だから「生きている」ってこと自体が、人としての名誉を守っているんだという考え方ができると思うんです。生きている価値がないから死んじゃうなんていうのは、真《まこと》に不名誉な話なんです。

自分の存在を考えるときに、「名誉」を他者からもらうものか、自分の中の掟としてあるものとするのか、その両方からとらえることができます。では、「名誉ある死」とはどういうことなのか。自分がもしここで自ら命を絶ったら、人はなんて言うか、自らはその死をどう思うのか。あなたの名誉は、死ぬことによって守られるのか、それとも生きることによって守られるのか、考えてみるとわからなくなることがたくさんあります。

プライドのこと

十代は自分の存在そのものについて考え始める時期だと思うんだけど、その頃ってプライドがとても問題になってきます。

プライドって特別なものと想像するけど、みんな小さなプライドというのをたくさん持っているんですよ。自分でデブと言うならいいんだけど、人に言われると怒ってしまうとかね。中学生はプライドの塊《かたまり》みたいなところがありますが、その扱《あつか》い方はそんなにまだ研究していないかもしれない。

プライドを捨てなきゃならないとき、捨てちゃいけないときっていうのがあります。それは一人ひとり違うから、ひとくくりにして、こういうときだということは言えません。でも、私は自分のプライドに関《かか》わるときに、最終目的は何かということを考えるようにしています。何かを教えてもらいたいのか、あるいは自分の感情を傷つけられたくないと思っているのか。自分の価値観と照らしていくんです。そこで、「ここはプライドを捨ててお願いしよう」とか「ここは意地でも絶対に引かないぞ」というような決断をしていくんですね。

思春期って、これはやりたいとかやりたくないとかさまざまな選択《せんたく》をしながら、自分がプライドを持つための存在の仕方のルールをつくり始めているときなんです。そのときに「何かにあこがれる」とか「人を仰《あお》ぎ見る」ということをしてみるといいのかもしれません。自分の中に精神の支柱になるような価値観の感触《かんしょく》が生まれてきますから。

自分が尊敬できる人を見つけたら大事にすること。その気持ちを表現すること。とりあえず

「尊敬します」と言ってもいい。とにかく何かの方法で表すことによって、その感覚は確かなものになっていくので、やってみてほしいと思います。

もし自分が尊敬できるものを見つけられないとしても、人が尊敬したり大事にしているものを理由なく汚《けが》さないこと。また人が尊敬しているものを見つけたときに、それを見下したり、馬鹿《ばか》にしない。あぁ、この人は、こういうものを尊敬しているんだな、そう思って見てほしいんです。朗《ほが》らかな賛辞を聞けば、尊敬する何か、尊ぶ何かが見えてくるようになるんです。

仰ぎ見るのは気持ちのいいものなんですよ。隣《とな》り合う友だちに神経をつかっている学生たちを見ると、傷つけてはいけない、という感覚はたっぷり持ち合わせているように見えるけれど、すこし視線が下向きのように思うんですね。

人を傷つけないように、自分も傷つかないように配慮《はいりょ》することも大切なんだけれど、「簡単に傷つかないぞ」っていう、ある種の気合みたいなものも必要で、それには、何かを仰ぎ見るような気持ちが必要なんです。見下されまいとすることより、見上げるほうがすっきりするんですよ。

尊敬という感情とはすこし違うのですが、「仰ぎ見る」ということでは、ちょっと小川国夫さんのことを考えたりします。つい最近小川国夫さんが亡くなられました。小川さんを思い出すときに浮《う》かんでくるのは、小川さんのお顔ではなくて、一緒《いっしょ》にいたカフェの天井に映っていたお堀《ほり》のさざ波の反射する光だったりします。小川さんと一緒にいたときに見た光をよく思い出すんです。その日もカフェオレを、ボールのような大きな器《うつわ》で二人で一緒にずっと飲んでいました。あぁ、あのとき確かにあそこにいたんだなぁって。

小川さんはゆっくり話されるほうで、会っていると時間がゆっくり流れていくんです。黙《だま》って誰かのそばで一緒にいるってことが、こんなにも豊かに感じられることがある、面白さがあるんだってことを、小川さんは教えてくださったように思います。私はここにいてもいいんだ、という気持ちと自信はどこか似ていて、その感覚と尊敬は表裏になっているような気がします。

みんな色の濃淡《のうたん》はあるけれど、なんにも言わないでただそこにいるってことがすごく大事だっていうことを経験しているし、そのときに相手に感じるものは、どこかに仰ぎ見る感覚っていうのを含んでいるんじゃないかと思うんです。

「あなたがここにいてくれることが大切なんだ」ってことを誰かが言ってくれないかぎり、自分ではそう思えないってことがあるかもしれない。でも人って、言ってくれているのに、聞こえていないこともある。自己満足なんじゃないかという不安もあるでしょうけど、かといって、人にすべて決めてもらうというわけにもいかないわけです。両方あるんだという、その矛《む》盾《じゅん》の隙間《すきま》に人間はいるしかない。存在としていとおしさを自分に深く感じたときに生まれてくるのがプライドです。プライドは日本語で言えば、誇りです。誇りは表に表さなくても、精神の重石《おもし》みたいになっているところがあるんですね。

死んでも世界は残る

魂《たましい》という感じ方

私は小学校五年生で父を亡くして、遺体を間近でまじまじと見るという体験をしました。父が亡くなったとき、十歳《さい》だったんですが、自分は一緒に死んでしまうわけにはいかないんだってことは子どもでもわかりました。それと同時に、なんか足元からびゃ〜っと根っこが生えてくるような感覚がありました。意思といったものとは別の、ある種の生命力の動きだと思うんだけれど、そういうものが人間にはあるんでしょう。それが、十代のひとつの出発点になっているんだろうなとも思うんです。

人が死んだらもうそれでおしまい、肉体も何もかも消滅《しょうめつ》するんだというのは、やっぱり想像力が乏《とぼ》しいと私は思っているんです。魂というものがあると信じようと思ったのはずいぶん年をとってからですけど。

人の死を自然科学的な発想では、心臓が止まるとか脳が機能しなくなるといった身体的な機能から考えます。そういったものが止まった瞬間に、人間の肉体は腐敗《ふはい》を始めて、やがて消滅するというふうになっている。だからお医者さんは、人が死んだあと、そこに魂のようなものが残るといったことは想定していません。それは医師としての観察の外に置いています。

ただこれは、自然科学的なものの見方が、「そこは問わない」という姿勢を見せているわけであって、「ない」と言っているわけじゃないんです。「ない」と否定していると混同しがちなんですけれど。私自身、「そうか、ないと言っているわけではないんだ、問わないだけなんだ」ということがわかるまでに、相当時間がかかりました。

私たちは、だいたい「問わない」とか「知らない」「わからない」といった言葉を聞くときに否定形の耳で聞いてしまうんですが、けっして否定していないんですよ。かといって肯定しているのでもなく、「保留《ほりゅう》」しているだけなのです。

だから、次の展開には「ある」という肯定形に展開してもいいんだということが言えるんです。魂なんていう言葉を持ち出すと、根も葉もない怪奇趣味《かいきしゅみ》のほうへと引きずられそうな不安もありますが、あえて「魂」ということを語りたいと思うんです。

心臓や脳の機能が失われれば、その人の一生は終わるんだというのもひとつの考え方です。でも、その人が亡くなってもそこにいるような気がすることもたくさんあって、例えば、その人が一生をかけてした仕事が、死んだあとでも何か人の役に立ったり、世の中に残されていくというのは、イメージしやすいかもしれません。その人の魂はそこにあるんです。たとえ肉体的に死んじゃったとしてもね。

死んでも世界は残るっていうのは、そういうこと。微妙なイメージでわかりにくいかもしれないけれど、ある程度の年齢《ねんれい》になると多くの人が経験的に知っていることだと思います。「魂」という実体のないものをどうやって表現し、説明しようかと思いながら話しているのですが、よく似た言葉に「精神」というものがあります。「いのち」と「魂」と「精神」この三つを並べてみると、それぞれの特徴《とくちょう》がすこしわかりやすくなるのかもしれません。

「いのち」と「魂」って言葉は似ているけれど、「いのち」は生き生きと生きていると感じられる何かをさしているように思えます。「魂」はその「いのち」の中に入っている芯《しん》みたいなもの。「魂」って、その人に入っているものだから、人にあげたりコピーするってことはできない。「いのち」がなくなっても「魂」は残るという考え方は、昔からいろいろな国の人が持っていた考え方なんです。「いのち」の持っている生物学的な範囲《はんい》よりも、ずっと広い意味合いを持っているといえます。

「精神」については、かなり「魂」に近いもので、誰かがその「いのち」を終えても、その人の「精神」は残るという使い方ができます。一所懸命《いっしょけんめい》に社会奉仕《ほうし》をしてきた人がいて、その人が亡くなったとき、その人の〝奉仕の精神〟は残るという言い方をしますね。素晴らしいものを持っている人のそばにいながら、その人の「精神」を学べば、その人が死んでも、その「精神」は残るんです。違うのは、「精神」は学ぶことができるけれど、「魂」は学ぶとか学ばないという考え方にはなじまないようです。

「魂」と「いのち」と「精神」という言葉を三つ並べて見比べてみると、微妙な違いがわかるし、学べることと学べないこと、譲《ゆず》ったり受け継いだりできることとできないことが世の中にはあるんだということが、わかってくると思います。

もうひとつ言うと、「心」も「魂」と似ていて、どちらも弱ったり傷ついたりします。でも心の傷は、原因と結果が一致《いっち》しないと傷が癒《い》えないのだというところがあるみたいです。その傷を癒やすには時間も必要だし、傷つけた相手がいれば、謝罪が必要であったりすることが多い。一方の「魂」は激しく傷ついたり弱ったりすると「たまげちゃう」ってことがあります。「魂が消える」って書くんだけれど、突如《とつじょ》消えてしまって、本人は心ここにあらずっていう状態になってしまうことがある。でも、そうやってどこかに行ってほっつき歩くようなことがあっても、またふと何かに出会って水を得た魚のように生き生きとすることがあるんです。魂は心より人間から離《はな》れやすい分、フットワークがよさそうです。

誰もが持って生まれてくるもの

「一寸《いっすん》の虫にも五分《ごぶ》の魂」と言われますが、どんなものにも魂があるという考え方は、日本人にはなじみのあるものです。

魂ってべつに実体があるわけではないし、基本的にリアルなものではないんですね。我々の思考から生み出された言葉だから、難しそうな言葉のわりに、いくらでも自由に使えるってところがある。魂のほかに霊《れい》という言葉があります。ソウルとかスピリットという場合もあります。魂とか霊とかという言葉を最近はあまり聞かなくなりました。そのかわり、最近の小説を読むと幽霊《ゆうれい》が出てくる話がものすごく多いように思うんです。亡くなった家族が幽霊になって出てくるとか、恋人《こいびと》が幽霊だったとか。ほんとうはみんな、魂や自分の霊の話をしたいのかもしれないなと感じるんです。理論的につながるということではなくて、幽霊の向こうに、ちょっと連想ゲーム的に魂というものを見ているんだろうなと思うんです。どこかで私たちは、そういう感じ方に飢《う》えているし、求めているように思うんですね。

今回私が「魂」といった古めかしい単語を持ち出したのは、それは今の時代にちょっと足りなくて栄養失調を起こしているように感じているからなんです。

人間の社会というのは、いつも同じ分量だけ、同じことを考えているわけではなくて、私たちが毎日ご飯を食べていても栄養の偏《かたよ》りが出るように、どんな時代にも考え方の偏りや栄養不足が生じるんです。おそろしく偏ると魔女狩《まじょが》りのようなことが起きたり、とてつもない権力がはびこったりする。でも、きっといつの時代でも、人間は自分の生きている社会に足りないものを探す努力をしているんだと思うんです。だから時代は変わっていくのであってね。

私は人間には魂があるのかないのかなんてことを、真面目に考えていた時期がありました。父を早くに亡くしていましたし、二十五歳のときには四十九歳だった母を亡くしていましたから、わりに切実な事柄《ことがら》として、魂はあるのかないのかを考えたんです。で、あるとき、魂はあることにしようと、自分なりの答えを出しました。

魂は持って生まれてくるものであって、はじめから完全なものとしてそこにあるのだというふうに考えています。例えば、オレンジの葉は双葉《ふたば》のときからオレンジで、百合《ゆり》の花は芽が出たときから百合の花。そのひとつひとつは、どっちが上でどっちが下ということもなくて、みんな同じ価値のものを持っているとされるんです。だから人の死に遭遇《そうぐう》したとき、子どもが大人を慰《なぐさ》める、自然が気持ちを慰める……といったことがあるんでしょうね。

中学の頃になると、自分の魂のようなものに気づき始める時期だと思うんです。それを魂と呼ぶか呼ばないかは別として。

成長と魂という二つのあり方があると言いましたが、成長っていう方向から見ると、花が咲いて、実がなってはじめてよしとされるようなところがある。途中で止まると、ダメなものと見なされる怖《こわ》さがあります。魂は成長と違って、最初から完全なわけですから、ダメとか良いという比較《ひかく》とはなじまないところがあると思います。そこにあるということ、その人がそこにいるということ、そういう存在そのものに対する敬意を、「魂」は含んでいるんです。

「わからない」ってことは面白い

考えることと感じることと

やっぱり死ぬってことは、生きている人間にとっては誰にもわからないことなんです。「わからない」ということは、私たちの人生で大きな位置を占《し》めているんです。

また、わからないってことには感触があってね。例えば「死」というものが、生きている人間にとって誰にもわからないのだということを語るときに、「わからない」っていう平たい言葉ではなく、「神秘」という言葉を使ったほうが、わからないことの感触は伝わりやすい気がします。「わからない」っていう言葉からひとつ格を上げて「神秘」という言葉にもっていけば、その神秘という言葉がそれほど特殊な言葉ではないってことがわかってもらえると思う。重力そのものについて説明できても、なぜ重力があるのかっていうのは神秘とされている、みたいなね。

世の中にはわからないことがあるんだな、ということがわかることって、とても面白いんです。

クリアにわかったとかなんでも悟《さと》ってしまった、見通せたって瞬間が十代にはあるでしょう。私もそんな気分に何度もなりました。わかったという感覚はとても微妙なものですね。

思春期といわれる十代の頃って、考えることが先になっている時代なんじゃないかなと思うことがあるんです。先に考えてわかったなと思ったらあとで感じ始める……なんだか変な感じはしますが、そういう状態なのかもしれないなと思うんです。

ふつう、ものごとに出会うと、感じることが先で考えることはあとからなんだと思っていますが、地震《じしん》や事故のようなものすごい危機に陥《おちい》ると、人間はそれまでの知見や知識を総動員して、非常によく考える。感じるよりも、考えることが先になるんです。思春期の頃は、いつもどう感じていいのかわからないことに遭遇しているから、災害時のような緊急《きんきゅう》な状態が続いているみたいなものとも言えます。

でも、考えるってことは「これは急げ！」って答えを出すことができるけれど、感じることのほうはスピードアップできなくて、ゆっくりにしか感じられないんです。自分たちは今、そういう年代なんだということは、どこかで承知しておいたほうがいいかもしれないなぁと思います。

感じるだけで、どう考えていいのかわからないってことはいっぱいあるし、考えるだけでどうもまだ感じていないなぁって思うこともあるんですよ。

「わかる」というのは、考えるだけでは足りない。考えることと感じることの両輪がそろって、ようやくすうっと想像力が動き出したり、思考が働くんです。腑《ふ》に落ちると言ったほうがいいのかもしれません。

私が大学生の頃は、ちょうど大学の生協にあるいろいろな本が入《い》れ替《か》わる時期で、それまでかたい人文図書ばかりだった大学生協にマンガが置かれたりするような大きな変化があったんです。いわゆる古典を読まなくてもいい、何を読むかは自分で決めるといった雰囲気《ふんいき》もありました。その流れに反発をものすごく感じました。「自分の感受性が大切なんだ」としきりに言われましたけれど、私は「自分の感受性なんてまったく信じられない」という逆転した自信がありました。それでわかってもわからなくても「みんなが大事にしてきたものだけを読もう」と思いました。

ある文化をつくった背骨になっているような本を読みたかったんです。西洋だったら、聖書やギリシャ神話がそれにあたると思います。日本では何がそれにあたるのだろうと考えたときに、よくわからなかったのです。仏典はいろいろあって、日本人や日本語に大きく影響《えいきょう》を与えていますけど、これは多様でどれを読んでいいのかわからなかった。宗教の勉強がしたかったわけではないですし。それで、とりあえず四書五経《ししょごきょう》と呼ばれているものを読むことにしました。四書五経って儒学《じゅがく》を学ぶときに読む本で、どれもこれもほんとうに難しくて、わからないものばかりでした。数学の本のチンプンカンプンさとは違った、「わからない」という感触で、「あぁ、わかんない」と思いながら、その感触をつかむために本を読み続けました。「論語」だけは例外で、ちょっと肩《かた》すかしを食らった気分になるほど、易しかったように思ったんです。わかりやすいことしか書いていないことに、不満を感じるくらいに。でも、何度も読んでいるうちに、いろんなわかり方があるんだな、これはもしかすると「わかってはいなかったのだな」と気がついたんです。感触で言うと、平らにしか感じられなかった言葉が、何度もなでているうちに、その起伏《きふく》がわかってくるような感じでした。

「哀《かな》しんで傷《やぶ》らず」という表現がありました。深く悲しみはするけれど、それで自分が傷ついて衰弱《すいじゃく》するほどには悲しまない——そういう悲しみ方があるのだということが書いてありました。その後、何度も「泣き過ぎて頭がガンガンする」といった経験をするんだけど、そのたびに「あぁ、哀しんで傷らず、って言葉があったなぁ」と思い出すんですね。それから、ひょっとすると、悲しむときに悲しんでおかないと、傷《いた》むものだけが残ってしまうかもしれない、傷だけ残るのかもしれない、そんなことも考えました。すこしずつ「論語」に書かれていたことの意味をわかっていったように思うのです。全部わかったわけじゃなくて、たまたま実感が持てたところだけですけど。

「わからない」ことを持ち続けることは、これは結構体力のいることです。自分がわかっているること、自分が理解できる本だけ読んでいてはいけない、そう思います。「わからないということ」を知るために読む本があってもいいと思うんです。できるならそういう本を読むのには、若いうちのほうが訓練しやすいんです。わからないってことに驚《おどろ》かないし、わからなくて当たり前だと感じられるから。

頭も身のうち、脳みそも身体《からだ》の一部と聞いたことがありますが、「あぁ、なるほどな」と思いました。わからない文章が平気で読めるっていうのは、身体的な訓練のひとつなんです。若い頃登山をして身体を鍛《きた》えていたからとか、体操をやっていたから五十代になっても大車輪くらいはできるっていうのと、同じくらいのことが言えると思うんです。「わかった」「わかんないなぁ」いずれにしても何年も経ってようやく感想がもてる、とらえることができるといったことはたくさんあります。今わからなかったとしても、何十年後かに発見できるのかもしれない。それはほんとうにあとのお楽しみなんです。

人の精神活動というものは、結論が大事なわけではないんです。結論に至るまでに悩んだり考えたりするという気持ちの動きといったもののほうが大事なんです。そういう生きて動いている精神が「いのち」というものだと思います。

「いのち」の時間のおまじない

● 捨てていいものを探し出す
——身体が軽くなり、動きやすくなるでしょう。

● 新しい辞書を読む
——これまでと違う世界が見えてくるでしょう。

● 褒《ほ》め言葉を辞書で探す。使ってみる
——自信が湧《わ》いてくるでしょう。

● 本棚《ほんだな》を整理する
——将来の見通しがよくなるでしょう。

5 時間目

「いじめ」の時間

私は「自分のことだけで精一杯《せいいっぱい》の時代」でした。苦しかった。苦しい人はどんどん逃《に》げていいんじゃないかな。でも、逃げられないからつらいんだけど。

——どこに逃げればいいの？

学校以外の場所が見つかれば、幸せだと思う。ゲーセンでもいいし、登校途中の道でもいい。学校だけがすべてじゃないってこと。それがほんとうにわかれば、それでいいと思う。

（ジャック）

学生が語る❺

いじめは絶対なくならない

なぜ「いじめ」をするの？

――今、中学生の「いじめ」についていろいろなことが報道されているでしょう。そういうのを見て、みなさんはどう思いますか。

ハスミ　なんで「いじめ」が起こるのかな、って思いますよ。いじめっ子から見れば、いじめられてる人に何かしら問題があるのかもしれない。ムカつくとか、単にカッコつけとか、かわいいからとか……。

信秀　オレは「いじめ」をしたことがないんです。ただ、一回だけ、ひどいことをしてしまったことはあります。授業中に隣《となり》の女の子がオナラをしたんです。オレは男だし、アホだから、はしゃいじゃったんですよ。そうしたら、周りの男子も一緒《いっしょ》に騒《さわ》ぎだして。そのあとオレは先生からすごく怒《おこ》られて、泣いてる女の子を見てすごく反省したんだけど、次の日から、その子は「オナラをした」って周りからからかわれて。オレは自分が原因だったので、自分が騒ぎ始めたにもかかわらず、止めに入ったんです。集団で一人のことをいじめるのはすごく悪いことだと思ったし、カッコ悪いと思ったから。中学のときって、判断基準はカッコいいかカッコ悪いかしかなかったからね。一人の女の子をみんなでいじめるっていうのは、カッコ悪い。

中学の頃《ころ》って、ちょっとイキがった子が、自分の力を誇示《こじ》するためにいじめをしているのを見てたから、ちょっとしたいじめは、たぶん自分の力を誇示するためや自分の位置を確認するためにしているんじゃないかな。

モリゾー　さっき、いじめはカッコ悪いって言ってたじゃない。僕《ぼく》もいじめをやめさせるにはどうしたらいいのか考えたときに「それは恥《は》ずかしいよ」って言いたいんだけど、中学時代の感覚を思い出してみると、いじめられっ子を助けることが、いじめることよりも恥ずかしかったな。

ジャック　言った人が、そのあと何かにつけて言われるんだよね。

モリゾー　それはわかんない。確かに、いじめられっ子をかばうと、今度はその人がいじめられるっていう話をよく聞くけど、いじめられっ子をかばっているという場面を、一回も見たことがないから。かばうと自分がやられるって言うけど、かばってすらいない。たぶん、みんな。

ジャック　そういうのって、あると思う。今の世間の流れからすると、いじめを傍観《ぼうかん》していた人も〝いじめに加担《かたん》していた〟って言われるじゃないですか。でも、止めたいと思っていても、いろいろあるんですよ。バランスっていうか、女の子は特に、ほかのグループのことに違《ちが》う人が口出しすると、もうダメなんですよ。だから、何もできないし。じゃあ、なんの良心の呵責《かしゃく》もないのかというと、絶対にそんなことはないし。でも、できないっていう、あいまいな、微妙《びみょう》な感情があるのに、ただ「見ていた人も止めなさい」って言う大人は、わかってないなという気がする。

信秀　オレはかばったこと、あるよ。小学校五年のときに。お風呂《ふろ》に入っているのにクサイって言われる子っているじゃない。周りが「オマエあっち行け」みたいな雰囲気《ふんいき》になってて。その子は図体《ずうたい》がすごくでかくて、よく一人で休み時間にバスケットをやっていたんです。あるとき、オレが校庭で一人サッカーをやっていたら、そいつも一人でいたので、ちょっと付き合って、ってキーパーをやらせたんですよ。それで、ちょっと話もしたりして。そしたらそいつ、ぜんぜん悪いヤツなんかじゃなくて。だから、次に登校したときに、「今日からコイツはオレの仲間だ」って宣言したんですよ。

べつに正義感とかからじゃなくて、そいつが話してみたらいいヤツだったから。単に仲良くなったから、ちょっと助けてやるか、みたいな感覚だった。

いじめる理由

モリゾー　僕はね……実はいじめっ子だったんですよ。中学三年でフリースクールに行くまではふつうの中学校に行っていて、そこでのいじめが激しかったんです。言葉だけではなく、力でも。最初は音楽の先生の名前が変だっていうので、先生をいじめてたんだけど、だんだん飽《あ》きてきて、みんなでジャンケンして負けたヤツがクラスのいじめられっ子を殴《なぐ》るとか、そういう卑劣《ひれつ》な遊びを授業中にやってたんです。

アキ　なんで、その人だったの？　なんでぶったりしたの？

モリゾー　それはたぶん、その彼《かれ》は小学校のときからいじめられっ子っぽかったからかな。〝ああ、コイツはいじめてもいいんだ〟みたいなムードができ上がっていて、僕はどっちかっていうと、そのムードに乗っかっていったみたいな。中学生くらいの世界になると、すごく強いヤツと、ふつうのヤツと、ちょっと弱いヤツっていうのができてしまうじゃない。その中でたまたま強いのが何人か固まって、そこに弱いヤツがいて、周りにそうでもないのがいて。で、そのうち、ちょっとしたつっこみの言葉があって、そこから始まる。

アキ　いじめてたとき、その人のことが憎《にく》かったの？

モリゾー　う〜ん、いじめられっ子と接触《せっしょく》していて、嫌《いや》な思いをすることがあるわけですよ。わりと活発に話しかけてくる子だったんだけど、その物言いがムカつくっていうか。中学生って、いじめのポイントを見つける天才なんですよ。で、相手が殴っても返してこないようなヤツだったから。最初は理由を見つけるんだよね。だけど、そのうちだんだん彼を見ると、〝何かひと言ふた言、罵倒《ばとう》するもんだよね、みんな〟みたいなことになってきちゃう。そうやってエスカレートしていく頃には、彼が憎いんじゃないんだよね。

メガネ　オレ、いじめてたことを思い出した。いじめられっ子で、いじめっ子だったという事実を、今思い出しました。その人、トロかったんですよ。暴力とかではなくて、言葉で、けっこうキツイこと言っていじめた。オレ、終始憎かったよ、その人のこと。嫌だったんだよね、動きのトロさとか、何か聞いても反応がないとか。

ジャック　学校でその人と可能なかぎり関《かか》わらないようにするってこと、できなかったの？

メガネ　同じ班だったの。掃除《そうじ》があるのに、昼休みもその人だけいつまでもご飯食べてて。そうすると、班の人数が欠けるじゃん、するとうちらの仕事が増えるし。関わりたくなくても、関わらなくちゃならない状《じょう》況《きょう》っていうのかな。

ジャック　関わらなくちゃならない状況って、憎しみが増すよね。同じ教室にずっといるから、逃《に》げ場がないんだよね。

――すごいトロい子とか、頭の回転が遅《おそ》いとか、いろいろな人がいると思うんだけど、自分より弱いものをいじめちゃいけないっていうのは、好き嫌《きら》いに関係なく、絶対の約束ごとだと思うんだけど、どうなんだろうな。

ジャック　自分より弱くて、自分の好きじゃない相手と関わらないといけない状況に追《お》い込《こ》まれたときって苦しいですよね。

メガネ　泣いちゃうよ！　毎日会っててイライラするのに、コイツいじめちゃいけないんだ！　っていうの。

モリゾー　仕事ができないヤツはクビだっていうのは、いじめではないですよね、今の価値観では。だけど、オマエは下手だからサッカー入れてやんないっていうのは、いじめですよね。小学校とかで遊んでるときに、先生がコイツも入れてやってくれって言ってくる。でも、足手まといになるから、どっか行けってやるじゃないですか。

——勝ちたいっていうのがあるし。

モリゾー　でも、それは先生には言えないので、その分をいじめられっ子に向けていたような気がする。

——さっき、最初は理由があるんだって言ってたけど、理由があるところまでは、「いじめ」じゃないのかもね。

はやさか　でも、されたほうは「いじめ」だと思ってるかもしれない。

——うん。ただ、理由が消えて、機械的になったときに、問題ある「いじめ」になるんじゃないのかな？

モリゾー　理由を決められたら、いじめられてる側はどうしようもない、何もできない。

——仮に、オマエが嫌いだっていう理不尽《りふじん》な理由だったとしても、「オマエが嫌いだ」「では近づかないよ」で話がつくじゃない。でも、「いじめたいから、いじめる」って言ったら、話のつかないところにいくのではないかしら。

モリゾー　嫌だな、嫌いだなと思った段階で、離《はな》れられなかった気がする、学校にいると。

信秀　中学なんかは、なおさらそうだよね。

モリゾー　コイツ嫌だなと思ったら、中学とか閉鎖《へいさ》的な空間でなければ、なるべく避《さ》けますよね。フリースクールって、言ったら悪いけど、本当にトロいヤツや自分勝手なヤツが多いんですよ。いろんなところでいじめられたヤツが集まってくるから。こんなに生理的に無理だって思うヤツがいっぱいいたら、手広くいじめるわけにもいかないし。でも、そこでは「みんなで仲良くしろ」って言われなかったし、親しい人とだけ話していればよかったんですよ。僕が無理だな、と思った人も、無理な人同士で話しているから、これは単に好き嫌いの問題で、彼らと僕は合わなかったけど、お互《たが》いにハッピーだからいいんじゃない？　って感じで。もし、そういうことが許されてたら、前の中学でも、いじめなかったんじゃないかなと。でも、あらゆる場面でソリの合わない人を避け続けるのは、学校だけじゃなく、ほかの社会でも、百パーセントはできない。それこそ、倫《りん》理的《りてき》になるしかない。我慢《がまん》するしかない、というか。

——ある部分は倫理的になるしかないってところは、どうしてもあるでしょうね。心の底からじゃなくても、とりあえず倫理的な観点からやめましょう。

モリゾー　でも、中学生って、倫理的になりたくないんですよ。あんまり正しい理屈《りくつ》を自分で言うのも嫌だったし、人に言うのなんかもっと嫌だったし。「コイツとはソリが合わないけど、だからって、そのたびに衝突《しょうとつ》していたらきりがないから、殴るのをやめよう」なんて、言いたいワケないじゃないですか!

――正論は、自分に言うのも嫌だったの?

モリゾー　嫌だった。自分に課すと、自分が身動きがとれなくなるから、それをやったらマズイぞというのがあった。正しいことをやろうとしたら、それに自分がからめとられてしまうというのが、恐怖《きょうふ》のように常にあった気がする。だから人にも言いたくなかったし。

いじめられた側は覚えているけど、いじめた側は忘れる!?

モリゾー　僕がかつていじめっ子だったという話を後輩《こうはい》なんかにすると「それは悪いっすねぇ」って言われるんですけど、これまでに「僕はいじめっ子だったんですよ」っていう人には、一人も会ったことがない。ほんとかよ、って気になるんだけど。「いじめられた」ってヤツにはいっぱい会うのに、「いじめてた」ってヤツには会わないいんだよね。僕みたいに自分が直接手をくだしていたら、わかるはずなのに。言いにくいんだか、自覚がないんだか。どう考えたって、おかしいですよね。いじめられっ子一人に対して五、六人は少なくともいじめてたヤツがいるはずなんですよ。なのにみんな言わない。

——確かにその通りで、「いじめられてた」っていう告白を聞くことはあるんだけど、「僕、いじめっ子だったんです」って言ってきたヤツはいない！　いじめるほうは、傷つかないせいで覚えていないのかしら。

メガネ　さっき、いじめてたこと思い出したけど、やっぱ話すのは、嫌だと思った。でも、いじめてたときに何をしたか、何を言ったかはほとんど覚えてない。いじめられたことは、何をやられたか覚えてるけど。歩道橋の上からツバかけられたとか。

ジャック　それはたぶん、やったほうは忘れてるよね。いじめられた人は、まぁ語りたがるじゃない。

——語ることで癒《い》やされるってことがあるからね。体験を客観化できるし。昔からね、殴ったヤツは忘れるけど、殴られたヤツは忘れないって言うのよ。

モリゾー　僕はフリースクールにいたので、いじめられて不登校になった子たちを、いっぱい見てきたんですよ。毎日のようにそういう人が入ってくるんですね。ショックで自殺未遂《みすい》をしてしまったとか、ものが食べられないとか、人の目を見られない、家から出られない、リストカットの跡《あと》が腕《うで》の内側全部、上のほうまで切ってしまって、もう切るところがないから反対側にまでいってしまった人とか。そういう人をたくさん目《ま》のあたりにしてきたので、本当に身も心もボロボロになるんだなというのが、実感としてあるんです。

それと、不登校の頃に昼夜逆転した生活をしていて眠れなくなったことがあって、病院の精神科に連れて行かれたことがあったんです。そこに通院している人たちは、症状《しょうじょう》はバラバラで、なんで精神疾患《しっかん》になったのかもわからないんだけど、みんな共通しているのが〝昔いじめられた〟ってことだったんです。もう三十代の人たちで、いじめられてすぐにそうなったわけではないんだろうけど、僕が中学生だから、なんとなく自然と周りも中学時代の話をし始めるんですね。僕はいじめられていた、私もいじめられていた……って感じで。そういうのを見て、いじめはマズイなぁと思ったのと同時に、想像以上に人にダメージを与《あた》えるな、ということを知ったんです。

いじめる理由2

アキ　うちのお兄ちゃんも、近所の子をいじめてたんだよね。うちは年が離れているお姉ちゃんがいて、そのお姉ちゃんが学校でヤンキーにいじめられてたらしいの。けど、親にも言えないし……その頃、小学校だったお兄ちゃんと、幼稚園《ようちえん》だった私がストレス解消みたいにお姉ちゃんにぶん殴られてて。お兄ちゃんはそれを、近所の男の子にぶつけてた。

――いじめは連鎖反応《れんさはんのう》があるってこと？

アキ　私の友だちもいじめをしてたときがあって……すごい好きな子だったの。その子、親にぶん殴られたとか、年の離れたお兄ちゃんがどうとか、いろいろあって、その子が学校で誰《だれ》かを無視したり、いじめたりするようになったんだけど、自分がされてたらやっていいってことじゃないんだけど、「やめなよ」って言えなかったんだ。何されてるか知ってたから……。

――いじめっ子のほうにも背景があるってことかしら。

アキ　そういう場合もあるんじゃないかな。誰かをいじめることによって、自分が誰かの上に立てることを感じたいとか。いじめはカッコ悪いというのは正しいと思うの。そう思うし、そうあるべきだと思うんだけど。

――ただ、背景そのものに何もしないで、表面化した「いじめ」だけをカッコ悪いとか恥ずかしいとか言っても、胃潰瘍《いかいよう》に絆創膏《ばんそうこう》を貼《は》るみたいな……！

モリゾー　今思うと、百パーセント僕が悪いんですけど、殴られた子がついに、追《お》い詰《つ》められて保健室なんかに泣きながら駆《か》け込《こ》んで、僕は担任の先生とかに怒られたんです。しばらく経《た》ったら、自分が悪かったなって思えたんですけど、怒られている最中は「オレはあんなに工夫してやっていたのに」なんて、先生に反発を感じていた。

――遊び半分でいじめてないってことでしょ。

モリゾー　真剣《しんけん》にアイツを憎かったかっていうと、そうでもないんですよ、いじめられっ子が。だから遊びのつもりだったって口では言いますけど、だけどいじめっ子はいじめっ子なりに工夫してやっていたのにって、怒られたその日はショックで、すごくそう思っていた。自分なりの勝手な理屈なんですけど、なんとかこう、うまくやろうとしてたんです。うまくやらなくちゃいけないっていうのがすごくあって。それはいじめの局面でも真剣だった。いじめっ子も真剣にやっていたんです。

「いじめ」はなくならない

――中学校で、いじめた人を停学処分にしようっていう話が出ているでしょ？　あれについてイエスかノーか聞きたいのですが。

はやさか　やってもいい気はするんだけど、でもそれを決めるのは大人じゃないですか。だから微妙な感じ。ほんとうに悪い子が見過ごされたり、本当にいじめられている子が見過ごされたりして、実はあんまり悪くない子が罰《ばっ》せられるっていう事態が生じるかもしれないから、判断が難しいと思う。

ハスミ　私は賛成です。ある程度時間をおいたほうが、いじめてた人もいろいろ考える時間ができるだろうと思うし。いじめてた子との距離《きょり》もとれるだろうから。停学とかじゃなくて、クラスを替えたりするとか。

ジャック　停学にしたら、反省しますかね？　あぁ家で休める、なんて喜びそうな人もいるんじゃないかな？

アキ　いじめで停学かぁ。例えばタバコを吸ったとか万引きしたとかじゃないんだよね。そういうふうにはっきりしてないものは、やんないほうがいいんじゃない？　それがもし、しっかり基準とか決められて運用できるのならいいけど……。これだけ問題になってて、自殺する子とかもいるのに、いじめって事実がなかなか出てこないっていうのに……おそらく、できないんじゃないかな。

モリゾー　それは、いじめをなくしたいってことなんですよね？　いじめをなくすことと、いじめがすごく悲《ひ》惨《さん》な結果になってトラウマになってしまったり、自殺しちゃったりとか、そういうふうにならないようにしようというのとは、なんかすこし違う気がする。僕は、誰でも一回や二回はいじめた経験があるって思ってるんです。たぶん、育っていく過程で、子どもはいじめをすると思うんです。いじめてもいいってことではなくて、例えば誰かがいじめられたときに、ひどくならないように食い止めるっていうことが大事だと思う。いじめそのものを極悪で、絶対に許せないということになると、本人がいじめられたと感じたらいじめだというのが政府の建前《たてまえ》ですよね、しかも傍観者もいじめだと言っている。それで停学にしたら、みんな停学になってしまうんじゃないですか。

――いじめられたほうが不登校で、いじめたほうは停学で、学校は空っぽ、みたいなね。

モリゾー　先生に訴《うった》えれば、いじめた人をみんな停学にしてあげるからね、って言われたとしても、「実はいじめられています」なんて、もっと言いにくくなると思う。自分がいじめられたと言ったせいで何人も停学になってしまうなんて、すごく嫌だと思う。警察沙汰《けいさつざた》になる、事件になったものは別ですけど、細かい芽を摘《つ》み取《と》るために、いじめ＝停学というルールを導入するのは、あまりよくないんじゃないのかなと思う。僕がいじめっ子だったら、停学にならないようにやる。

信秀　オレもそうする。

はやさか　だから、歯止めにはなると思う。これ以上やると停学になるんだよって、生徒にあらかじめ知らせておくことで、なにかしら生徒は人を傷つけないようにしようと意識するようになると思って、やろうとしてるんじゃないかな。

ジャック　でも、万引きしたら警察と学校に通報されるってわかっていても、万引きする子はたくさんいるよ。

アキ　「いじめ」って何時代からあるんですか？　大奥とか、あれはいじめ？

全員　いじめ、いじめ。

アキ　そしたら、もう、伝統？

ジャック　なくならないんだよね。

アキ　飛び降りたりとかするようになったのは、それはいじめというもののほかにも、原因があるんじゃないのかしら……。今の人間が弱っているとか、へばりやすいとか。それって、ほかの影響《えいきょう》とかもあるんじゃないかな。

はやさか　弱っているからだけじゃなくて、ものごとが見え過ぎてるというか、見えちゃって、この先どうなるんだろうと考えたときに、死にたくなるような気がする。動物は自殺しないから、人間は進化しすぎちゃったのかもしれない（笑）。あと日本は無宗教ということもあるかもしれないし、弱っているだけじゃなくて。

――ものごとが見えてるって、合理的判断ですね。でも世の中は不合理なもので、次の日に当たりの宝くじを拾ったりするかもしれないってことは、誰にもわからないんだよね。

はやさか　二階から鉢植《はちう》えが落ちてくることだってあるし……。

――いいほうだってあるじゃない！

メガネ　僕は、いじめてたときも、ほんとうに嫌だったんです。ぜんぜん楽しくなかった。停学にしたからっていじめはなくなるものじゃないと思う。いじめをなくそうなんて、ほんとに無理だから。あれを本気で言ってる大人ってバカなんじゃないかと思う。

――それは私も思う。いじめをなくすってことは、コミュニケーションをするなってことに等しいんだよね。いじめられたり、いじめ返したり、相互《そうご》関係を前提にしていれば、一人が徹底的《てっていてき》にいじめ殺されるのとはわけが違うから。いじめをなくすことは、無理かもしれないね。いじめが固定化して長期化するっていうことが問題です。

アキ　死ぬまでやるからなのか、死ぬほどでもないのに死ぬのか、死ぬほどキツイのかな？

――そこは難しい。誰だって死ぬまでやってはいけないって思ってるけど、この程度で死んじゃうのかって、驚《おどろ》くこともあるから。

モリゾー　やり過ぎないようにって、常に思ってました。いろんな人をいじめてきたけど。

メガネ　できない目標を立てることないじゃないですか。だから、交通事故ゼロ運動って、大嫌い。ゼロにするなんて無理だもん。

――交通事故は、あるときから運動の方向を変えたの、知ってる？　交通量が増えると、ある程度の確率で事故は発生する、そのときにゼロにするんじゃなくて、発生した事故を軽減しようと。エアバッグをつけるとか、車のボンネットを軟《やわ》らかくするとか、そういうふうに怪我《けが》の程度を軽くする工夫。もうひとつは、事故が発生したときの救急医療《いりょう》体制を整えるようにしたのね。

メガネ　いじめが発生したときの救急医療体制を整える！

ジャック　逃げ場をもっと確保しておけばいいんじゃないかな？

――いじめは発生するものだ、という前提で対応したほうがいいのかしれない。

学校をもっと風通しよく

ジャック　学校のクラスって賭《か》けだと思う。メンバーが固定するから。個々の親密度みたいなのは高くなると思うけど、それはうまくいったときのケースで、もしなんらかの亀裂《きれつ》が入ったりしたら、身動きがとれなくなる。逆に亀裂がどんどん深まるから、例えば大学みたいに授業ごとに入れ替え制にするとか。私の行ってた高校はそうだったんだけど、中学じゃ難しいのかな。

アキ　協調性を育《はぐく》む、とかいうのはなくなるんじゃない？

ジャック　クラスをなくすと、それを言う人いるよね。

――協調ができないから、いじめが起こるわけでしょ？　簡単につきつめて言えば、悪いいじめのほうをなくすんじゃなくて、今ある協調性を持たせようという制度の中身を点検するというのは、可能ですね。

ジャック　私は高校時代すごく楽しくて、あの中でも協調性はあったと思うんですよ。あれやこれや、やりたくて自主的に参加したし、みんなともうまくやれてた。だから、中学も、入れ替え制を取り入れたらいいと思う。なんでクラスってことに固執《こしつ》するのかな。

モリゾー　学校の外でも何かできるといいかなと思う。僕は部活をやっていたので、ほとんど十二時間くらい学校にいたんですけど、学校のほかに何もない。それって健全なのかなって思うんですね。学校以外で、例えば同世代の人と集まれるような場所とか。例えばその辺のおっちゃんがいてもいいし……。

ジャック　せめて行事を自由参加にしてくれたらいいのに。自分でやろうと思って居残りして練習しようっていうのなら、それは協調性だと思うんだけど、やらなきゃいけないものに強制的に参加させられて練習させられる、っていうのではなくて……。

アキ　でも、自分じゃ絶対に行かない場所とか会わない人とかってあって、それが何かの加減《かげん》で「ちょっといいから来てみなよ」って連れられて行くと、意外に面白かったりする場合もあるじゃない。実はこんな人だったのね、とか。すごく嫌な人だと思ってたら、なんだか仲良くなっちゃったりする場合って。

ジャック　やってみないとわからないってこと？

アキ　そうそう。やってみてだめなら、やめればいいと思うけど。

ジャック　じゃあ、やめるのを自由にしてほしい。

信秀　それはオレは寂《さび》しい。口では、男は「やりたくない」なんて言うけど、実際にやってみたら楽しかったなんてこともあるんだよ。部活でも、今日は行っても行かなくても自由参加だったりしたら、バラバラじゃん。強制されててもいいかなということが、中学生のときにはあった。高校は逆に強制が減っちゃって、寂しかったんだよ、オレは。

ジャック　あぁ、ほんとに？　私は、小学校、中学校は嫌だったから、行事なんか、もう今日で終わり、明日から練習しなくていいってときにはすごく安堵《あんど》した。でも、高校では、やるなって言われても、参加してたと思うんですよ。それは、やっぱりシステムの違いなのかもしれないけど。とにかく最初からやることを前提にされてて、いなきゃいけないというのが嫌だった。

――二人の話を聞いてると、大学や高校のように、異なる教育方針の学校を地域の中にいくつか建てておいて、選べるほうがいいような気がします。

ジャック　そうそう。いいと思う。全部同じにするから、そのシステムに合わない人はどこに行ってもダメなんですよ。だから私、高校に行ったとき世界が輝《かがや》いて見えた。中学にも、いろんな学校があればいいのになと思う。

いじめの中身

いじめたくなる心理

人に意地の悪いことをしたり言ったり、いじめてやりたいという気持ちって、たいていの人が抱《いだ》いたことがあるんじゃないかと思います。自分がものすごいストレスを抱《かか》えていたり、あるいは自分がとてもみじめな気持ちになっているときに、どこか弱々しいものを目にするとイラついたり、つついてみたくなる心理が、人間にはあるのです。

なんだかとんでもないところから話を始めてしまいました。

すこし極端《きょくたん》な話をすると、例えば金魚なんかを見ていても、しっぽが破れて弱っているような金魚をつつきまわしたりします。この、弱ったものをつつきたくなる心理というのは、人間の根源的な自己防衛本能というものが関係しているんだと思います。つらいときに、よりつらい思いをしたくない、みじめな気分に引っ張られたくないとか、あるいはある種の、場の雰《ふん》囲気《いき》を壊《こわ》すような異質な存在に対して、そういう自己防衛本能の感情が働くのではないかなと思うんです。

私は、いじめって「意地」とか「意気地《いくじ》」ってこととつながっているんじゃないかと思っているんです。最近は「意気地なし」なんて罵倒《ばとう》する人も見かけなくなりましたが、「意気地」という言葉を辞書で引いてみると「物事をやりぬこうとする気力、心の張り」とあります。「心の張り」っていい言葉ですね。お水をやってすっきりと立っている植物のように、心がぴんと張って生き生きしていれば、それほど陰湿《いんしつ》ないじめも起きないんじゃないかな。いじめる側に心に張りがないから、心の張りが失われそうな相手に出くわすと、なんだかつつきたくなるんでしょうね。相手を「この意気地なし！」とひと言罵倒するだけでは済まなくて、ずるずると陰湿な深みにはまっていくんだと思います。

「意地」には、「こころ、気だて、心根、自分の思うことを通そうとする心……」とありますが、「意地」のほうは、むしろ中学生の専売特許《せんばいとっきょ》みたいなもので、毎日が意地の張り合いみたいになっている。中学生くらい自我《じが》が強く出てくると、意地も張りたくなるわけです。これも、いじめとどこかでつながっている。

だから、「いじめたくなる」気持ちをすべて撲滅《ぼくめつ》してしまったら、心の張りも、意地も傷つけられてしまうかもしれないと私は考えているんです。

「いじめ」をしてもいいと言っているわけではないのです。弱ったものを痛めつける行為《こうい》、それも一人を寄ってたかっていじめる行為は、もちろん卑怯《ひきょう》だと思っています。

学生たちが「いじめはなくならない」と言っていましたけれど、これは消極的な意見なのではなくて、とても現実的な受け止め方を積極的にしているんだと思っています。私には弱いものを見るとつつきたくなるという心理の仕組みを正しく説明できないし、どうして金魚がそうするのかも、ほんとうのところはわかりませんが、自分たちがそういう本能を持っているという現実をとりあえず受け止めて、その上で一歩進んで、金魚ではないのだから、もうすこしその中身について考えるということをしていかなくてはならないんでしょう。

コミュニケーションの微妙さ

いじめ、とひと口に言っても、その中身はいろいろな段階に分けられると思うんです。大怪我《けが》をするような暴力や人のモノを盗《と》るといった犯罪にくくられるようなものから、意地の張り合いといった人間関係のこじれみたいなものまであるでしょう。それらは個々に分けて考えなくてはその本質を見失ってしまうでしょう。

人間関係ができていく中でいじめるという行為があるならば、怒《おこ》っている人もいるし、意地悪な人もいれば親切な人もいるという受け止め方もできるし、いじめたり、いじめられたりしているうちは、ある意味でコミュニケーションのひとつ、人間の感情の成長にとって重要な栄養素なんだと言うこともできるでしょう。

人と仲良くしましょう、ということを小さいときからずっと言われてきていると思うんですが、中学生くらいになると、どうしても仲良くなれなかったり、付き合えないと感じる人間がこの世にいるんだってことに気づき始める時期でもあります。虫が好かなかったり、そりが合わなかったり。でも、その付き合えない人間とも一緒《いっしょ》に何かしなくちゃならないことが否応《いやおう》なくあるってことも経験していく。時に、仲良くする以外のやり方、距離《きょり》のとり方や喧嘩《けんか》の仕方を覚えていかなくちゃならないのです。

人間のコミュニケーションのとり方には、知らない相手に対して、手始めに何かをしかけて出方を見るということもあるんです。警戒心《けいかいしん》ゆえに緊張《きんちょう》が走るというような場面が。そこで相手がどういう態度に出るのか、反撃《はんげき》がくるとしたら、どんなふうに反撃してくるのか、反応の仕方を知りたいわけです。そこから喧嘩に発展することがあるかもしれませんが、あとから「こんなに仲良しはいなかった」という展開にさえなることだってあり得るんです。ちょっかいをかけるというやり方ですね。ちょっかいをかけるのと、いじめるのはどこか似ています。ちょっか問題なのはいじめる側と、いじめられる側との関係が固まってしまったときなんです。関係がどうして固定してしまうんでしょうね。

教室という特殊な空間

同じ年代の者同士が一箇所《かしょ》に集まって過ごすという経験は、小学校から高校までの、学校時代だけのことなんですね。大学に入るとすこしずつ年齢《ねんれい》の違《ちが》う者が交じってくるし、育った地域も環境《かんきょう》もみんなバラバラになってきます。

小学校は、中学の教室に比べると均一な感じが少ない気がしました。子どもだからそれぞれ育った家庭の違いがはっきり現れているし、身体の大きさや発育の程度も差が激しかったりします。身体が小さくて顔も幼いけれど、博士《はかせ》みたいにいろんなことを知っている子や、そうかと思うと、いろんなものを全部ひとつずつ余分に持っていて、誰《だれ》かの忘れ物をきっちりカバーしてくれる、なんて子もいたりします。でも、中学生になると、ちょっと周りを意識して、教室の中ではみんなあんまり出過ぎないように加減《かげん》したり、ほかの人と変わりがないようにしようとか、自分の家庭環境といった背景は隠《かく》そうとして、均質な雰囲気ができ上がってくるんです。

それが悪くすると、みんな違っていて、差があるのに、みんな同じっていう枠《わく》にがんじがらめになっている。私は、中学ってしんどいなぁと思いました。学校という場所は、同じ年齢というだけで何十人の人たちが同じ時間割りで一日を過ごさなくてはいけないし、価値観が均一化しやすい土壌《どじょう》があるんですね。

世の中にはわりにいろいろ自由になることがあるのに、学校だけはきまりが多かったりして不自由で息苦しくて、ついつい違うものを見つけたら自分の息苦しさをそこへぶつけてしまうってことが起きるのかな。社会というところは、違った要素を持った人たちが、それぞれうまく相互《そうご》補完的に働いて、さまざまな人間関係をつくっているから回っているんですけど、そういう意味で、学校という場所はいわば特殊《とくしゅ》で、どこかで歪《ゆが》みが出てもおかしくないと思うんです。

学校時代というのは、人生の中でも、きわめて特異な時代だと考えていいと思います。そういう特別な時代の特殊な環境で暮らしているということは、頭の片隅《かたすみ》にでも置いておくといいかもしれません。特にいじめのような問題が起きたときには、そういうことを踏《ふ》まえた上で、そこからどうするかってことを考えていくことが大事なんでしょう。

「いじめはいけない」という正解

あまりにも陰湿でひどいいじめが増えているのも事実ですから、いじめを議論するときに、どうしても「撲滅」のほうへと向かいがちです。ただ、何もかも過剰《かじょう》に反応して「いじめ」という言葉でひとくくりにしてしまうことに疑問を感じます。

人間の気持ちというものはひとところで固まってしまわずに、絶えず変化しているもので、ことさらに「いじめた」という事実ばかりがクローズアップされてしまうと、そこにあった小さな感情の営みはすべて見落とされてしまいかねないんです。

どうしても好きになれない子と同じ班になってしまって、ついには憎《にく》いとまで感じてしまったと話してくれた学生がいました。ある学生は、かなり率先《そっせん》して一人の子をいじめていたと告白してくれた。どうしてその人が嫌《いや》なのか、なぜ彼を標的にしてしまったのか理由もそれぞれでした。いじめていた子が、実は本人も家庭で暴力を受けていたのだと話してくれた学生もいました。「いじめ」にはいじめるほうも何かに傷ついているってことがよくあるんです。

嫌だと感じるところが自分の弱い部分や傷に触《ふ》れるとしたら、たぶんムカムカするでしょう。でも、理由がわかったからといって「いじめ」をやめられるほど単純なことではありません。むしろ「オレの弱いところと似てる、見たくない」といったふうに余計に相手を疎《うと》ましく感じてしまうかもしれません。

「いじめられたっていう人にはたくさん出会ってきたけど、いじめていたって人には会ったことがない、おかしい」という指摘《してき》は「なるほどな」と納得《なっとく》しました。確かに一対一のいじめはあまり聞きませんから、いじめた経験のある人はかなりの数存在するはずなんだけど、あまり鮮明《せんめい》な記憶《きおく》がないということはあるでしょう。尻馬《しりうま》に乗ったその他大勢の一人でいると、いじめているという自覚がないから記憶に残らないのかもしれません。

「良心の呵責《かしゃく》」という言葉があります。いじめたいと思う気持ちが人間の本質的な感情から生まれているとしたら、やっぱり金魚と決定的に違うところは「良心の呵責」を感じるところだと思うんです。いじめを告白した学生の中にも、そういう思いがあったんじゃないのかな。だから覚えているのだと思いました。

本能でいじめるところまでは、人間は金魚とほとんど同じレベルでしょう。でも、そのあとで「いじめて悪かったな」と思うのが、やっぱり人間なんです。金魚はたぶん思わない。いじめる行為そのものが悪いんじゃなくて、この「いじめて悪かった」という気持ちが働くってことが、ほんとうは大事なところなんでしょう。

自分がやったことの結果を見ることによって、別の感情が動くようになっているのが、生きた感情を持つ人間の自然な気持ちなんじゃないでしょうか。いじめも固定した感情になる手前で生きて動いているところがあって、動いている間は人間的で自然な感情のひとつに数えられると思います。

「人をいじめてはいけない」という当たり前の正解は無表情な感じがします。そうした無表情な正答だけ知っていても、意味はあまりないのです。ムカついて、どうしてもいじめたくなる。そういう気持ちを抱いて葛藤《かっとう》することがある。あるいはいじめてしまって後悔《こうかい》する。後悔という苦い部分を自分でくぐってきた果てに、いわゆる「いじめはいけない」という結論に到達《とうたつ》するということが、実はとても意味のあることなのでしょう。

きれいごとを言われると腹が立つってことがあるでしょう。いけないことだとされているから、世間ではこう言われているからという義務感から正解へと向かうよりも、「ムカムカしたんだ」という段階を踏《ふ》みながら、だんだん自分なりの答えへとたどり着く。そういう個々の心の旅のようなものを経てきてはじめて、本物の感情が伴《ともな》った自分の判断の軸《じく》ができてくるんじゃないのかなと思います。

大学生くらいの年頃《としごろ》になると心の旅について話ができるようになります。だから、学生の話はとてもリアルでよく現実を見ているんです。「いじめはなくならないよ」と言った学生の言葉には、いじめた経験のある者も、いじめられた経験を持つ者も、十代の頃のいろいろな心情の旅の跡《あと》がそこに残っているように感じました。

魂《たましい》を傷つける「いじめ」

時間の流れを止めてしまう「いじめ」

大学でも、対人関係に怯《おび》えを感じているらしい学生を時々見かけることがあります。日常の様子を見ていてどうも妙《みょう》だなと感じることがあって、たまたまゆっくりお菓子《かし》でも食べながら話しているようなときに、なるほどそういうことだったのかと合点《がてん》がいくような話を聞くことがあります。私も経験した「無視される」というような集団対一人という形の、集団の中で位置が決まってしまうようないじめをされてしまうと、そのあともずいぶん長く傷が残ってしまうんです。そういう傷は、間違いなくだんだん消えていくんだけど、時々チクッと胸を刺《さ》したりするんです。

ちょっとした意地悪とか、いやみを言われるとか、日常的に起こるような小さな不愉快《ふゆかい》なことなら、こちらも言い返して解消することができるかもしれないけれど、集団で無視の壁《かべ》をつくられるような場合は、やり返せないんです。こちらが一人で向こうを無視しようとしても、なんだか象に踏まれたのに対して、ネズミが踏み返そうとしているみたいなことになってしまう。まるで、自分がここに居ないんじゃないかという不安にかられるんです。

いじめられると、その人に本来流れているはずの時間が止まってしまって、今あるこのつらいだけの時間の中に閉《と》じ込《こ》められちゃうんです。エレベーターが宙ぶらりんの場所に止まっているみたいな状態。長い時間止められたままでいると、いちばん感受性が豊かになっていろんなことを経験したり感じたりして、広がっていくはずの時間の流れが止まってしまうんです。

私たちはよく「物語る」ということをしますが、物語るということは、原始的な人間の欲求なんですね。自分の経験したことを語りたいとかその日に起きたことを話したいという欲求によって、精神の活動が生まれてくるんですが、集団による「いじめ」は、その活動が止められてしまうようなところがあるんです。まるでコブのようにそこで固まっているか、あるいは氷の塊《かたまり》の中に閉じ込められたみたいになっているんです。

私は小学校から中学校にかけていじめられた経験があります。いじめたことはたぶんあるのだろうけど忘れました。小学校五年のときに父が亡《な》くなってから、居心地《いごこち》のいい場所を見つけてずっと読書にふけっていました。そのことがみんなの反感を買って、それ以来クラスで孤立《こりつ》するんです。

ちょっと触《さわ》ると汚《きたな》い、バイ菌《きん》がうつるぞって言われたり、ランドセルを焼却炉《しょうきゃくろ》に放り込まれたとか、上履《うわば》きを雑巾《ぞうきん》バケツの汚い水の中に浸《つ》けられていたなんてこともありました。そういうことがきっかけで、五年生の秋頃から二ヵ月くらい学校を休んだこともありました。当時は登校拒否《きょひ》という言葉もなかったんですけど、毎日朝になるとほんとうに微妙《びみょう》な感じで熱が出るんです。で、お医者さんに行っても「注射をするほどでもないんだよな」って先生に言われ、母も担任の先生も、最後まで風邪《かぜ》なんだって突《つ》っ切《き》っちゃいました。いじめに対して、いちばんひどい症状《しょうじょう》が現れたのは、小学校のそれだったんです。

中学では、いじめというより私が意地を張ったことがありました。二年生のとき「あしなが育英会」という交通事故遺児のための募金《ぼきん》にクラスで一律に三十円と決めて会計係が集金するということがありました。私は「出したくない」と言ってしまったんです。すると誰かが「三十円貸してあげるから」と言ってくれたのですが、私は「そうじゃない、出したくないの」と切り返しちゃって。母子家庭だったので、どうして募金しなければいけないのか、そういう理《り》屈《くつ》で拒否しました。ほかのことになら出してもいいけれど、これはイヤだと言ってがんばったのです。会計係はクラス全員の募金を一日で集めるという目標を立てていて、ほとんど逆上しかねないばかりになってしまいました。それで間に担任の先生が入って、なんとかおさまったのだけれど「出していない人がいるのはくやしい」なんて言ってかなり怒っていました。

それで「変な人」ということになりました。会計係を困らせたヤツ、といって。あんまり自己主張が強過ぎると嫌《きら》われるんです。言っていることの内容よりも、その強さのほうが目立ってしまうんですね。中学では男の子とはなにかと衝突《しょうとつ》していました。女の子とは、なにせ最初からどのグループにも入らない、一匹狼《いっぴきおおかみ》みたいな感じでいたので、あんまり問題も起きないっていう感じでしたけど。

中学校では小学校みたいないじめの経験はありませんけど、三十代後半まで、私は人との関係がうまくいかないんだという思い込みみたいなものは残ってました。いつも気にしていたわけではないんだけど、何かのときに、いまだにこんなものが残っていたのかと驚《おどろ》くような感じで出てくるんですね。私はひょっとして嫌われているんじゃないかという不安をどこかで持っていて、夜中にはっと起きて、昼間のあの会話は、私が感じたのと同じように相手も感じてくれたかな……なんて考え込むことがありました。
その傷もいつか消えるんです。コブが消えたり、氷が解けるためには、どこかでその時間の流れを取《と》り戻《もど》すしかないんですね。人とおしゃべりしたり、付き合ったりしながら「楽しい」という経験をたくさん積んでいく。そうやってようやくだんだんと傷や怯えが消えていくように思うんです。

私の場合、自分でも不思議なんですけど、四十歳《さい》を過ぎた頃に、すとんと消えました。体力がなくなったから、重い荷物を持っていられなくなったのかもしれない。とにかく自分の子どもが大学に入る頃か出る頃だったか、そのあたりに「あ、なくなった」と感じました。思い当たることをひとつあげるとしたら、子どもが成長したことで「孫の代まで心配していられないわ」って気持ちが湧《わ》いてきたのかもしれませんね。

話が前後しますけど、高校生のときは、自分の後ろ五十センチくらいから「あ、私イライラしているな」「〇〇したいんだな」と自分を見る感じだったのが、最近では山の上に登って、私が三十歳くらいまで感じていた不安も一緒に、全体が見渡《みわた》せるようになってきたように感じています。そこから眺《なが》めたら、自分の人生もバランスがとれていたんだなって思えるようになったんです。だからこそ今、いじめられていたことをお話しできるんだろうと思っています。

誰かに話すことの意味

いじめの話ってなかなかできないものです。でもどうしても人の助けを借りたほうがいい場合もあります。極端なときには学校を替わるというやり方だって、十分に選択肢《せんたくし》の中にはあっていいと思うんです。ただ、そうなると自分一人で判断できないことだから、大人を含《ふく》めた周りの力をどうしても借りなくちゃならない。自分がいじめられているときに、親や先生には話したくない心理というのは、私にもよくわかります。実際、私もいじめられたことは、誰にも話したくないと思っていました。でも、ほんとうに困ったときには、やはり人の力を借りる必要があります。助けを求めることはそんなに格好の悪いことじゃありません。取り返しのつかないことになってほしくないし、傷が深く残るようなことになってほしくないから、とにかく話しやすい相手を探すということが必要です。話したくないで終わっては困ります。誰に話さなければいけないというきまりはないから、まず話しやすい人を探し出して話すのがいいでしょう。保健室の先生がそういう役割を果たしてくれることも多いみたいですが、自分がいちばん話しやすい相手は誰かということを、ちょっと考えてみてほしいんです。管轄《かんかつ》なんてどうでもいい。管轄とか分担なんていうことは、自分の存在を守るためにはどうでもいいことです。

私自身は、中学のときに担任の先生がとことん話を聞いてくれたという経験があります。きっかけはなんだったのか覚えていないけれど、土曜日の午後に相談室で、なんでもない話やらクラスの中の人間関係やら、いろんなことを話していたのを覚えています。とてもベテランの先生で、とにかく私の感じていること、思っていることを聞かせてくれ、と言って。先生は口を挟《はさ》むというより、「そうかそうか、そう思ってたのか」って言いながら、とことん聞いてくれました。話ができると、ほっとするんです。

そうやって言いたくないなと思っていたことを人に話せるようになると、びっくりするほど局面が変わってくるものです。嫌だと思って話さないでいると、同じ繰《く》り返《かえ》しの中で堂々巡《どうどうめぐ》りをしてしまうのであって、ひとつでも、その堂々巡りを止める何かがあって、その外に出ることができれば、流れが変わるってことがあるはずなんです。

それから、そばで見ていて嫌だなと思ったら、誰かに相談してもいいと思うんですよ。「言いつけた」「チクった」と言われるのが嫌だ、仲間を裏切ったみたいで、すごく不名誉《ふめいよ》なことだと感じることも、よくわかります。でも、固定した不愉快な状況《じょうきょう》を壊すということは、不名誉なことではないんです。仲間を裏切ることでもありません。

自分とみんなの居場所を居心地よくするための告白は、まったく良心に恥《は》じることではないと言いたいんです。そこまで思うことができれば、違う道が開けてくるはずです。

〝いい子〟でいたいという思いは、誰しも持っています。私にもそういうところはあります。でも、それで事《こと》をこじらせていることが、結構あるものなのです。いい子でいたいという気持ちの根底にあるものは、ルールは守りましょうとか、みんな仲良く暮らしましょうといった、そういういい価値観と結びついているわけですが、現実は誰かが悪者を引き受けないかぎり、この局面は打開できないという場面があります。じゃあ何を言われてもいいから私が悪者になりましょう、という決断が必要になるときがあるんです。もう正しいか正しくないかの○×の問題ではないんです。「いじめ」などで中学生にそこまでの決断をさせていいのかという疑問が私の中にはすごくあるのですが、ただ、最後にちゃんと、こういう事態が起きたのだということを誰かに告げなければいけないときに、もしかしたら悪者にされるかもしれないけれど、それはそれで悪者になることも大事なのだということは言ってもいいと思います。

思いを預ける

神様に怒《いか》りを預けるということ

十歳のときに父が亡くなった話をしましたが、母が亡くなったのは二十五歳のときでした。亡くなったというより亡くしたって感じがしました。亡くなる直前に、医者からある治療《ちりょう》の承諾《しょうだく》を求められました。危険だけれど、その治療を施《ほどこ》してもいいかって。母の近親者と言えば弟と私でしたが、弟はまだ大学を出たばかりで、私はかなり戸惑《とまど》ったのを覚えています。誰かが決断をしなくちゃならない場面で、もしかしたらその決断は文字どおり命取りになってしまう、あとから誰かに何かを言われるかもしれない……。でも、ああだ、こうだと言われることを恐《おそ》れていたら、誰も決断できないわけですね。もしかするとものすごく悪く言われるかもしれない。でも、それは仕方がないって言うか、引き受けるしかないんです。そのときの病院の場面ってはっきり覚えているんですけど、書類にサインしたのは私です。で、どうなったかってことはまあ、忘れちゃったんですけども、そういうとき、つまり何か悪く言われそうなときに神様がいると楽だなあと思いました。そのとき、最初に思ったんです。

小川国夫さんのエッセイの中に「バチがあたる」という言葉が出ていました。その「バチがあたる」という言葉を、小川さんのお母さんがよく使っていたそうです。私をこれだけ苦しめている者にはきっとバチがあたる――と。これは面白い言い方だと書いてありました。自分で相手に復讐《ふくしゅう》しようとしないで、神様に預けてあるのだと。こんなにひどい目に遭《あ》わせたのだから、きっと神様がご覧になっていて、バチをあててくれるはずだというのです。自分でやらずに、あるひとつのところに預けてあるわけです。

最近、バチがあたるって言葉をあまり聞きませんけれど、私もよくバチがあたると言われました。小川さんみたいに感じなくて、バチってどんな形をしているんだろうって思っていました。それに中高生くらいの頃は、そんな他力本願なのは嫌だとも思っていました。でもここで重要なのは、ほんとうにバチをあててもらうことではなくて、何か、神様のような存在に怒りといった気持ちを預けるってことだったんだと小川さんのエッセイを読んでいて「なるほど」ってうなずけたんです。

バチがあたるというのは、「罰《ばつ》を下される」というのとは違うんです。いったい誰がバチをあてるんだろうというようなある種のおかしみさえある。ご飯を残してバチがあたるって言われ、畑でスイカをもいでバチがあたるって言われていた頃、「バチがあたる」という言い方なんて嫌いだと思っていました（笑）。子どもの頃はバチをあてられる側だったから、誰かに怒りを預けるという意味合いはまるで想像できなかったんですね。

私は何か特定の神様を信じているわけではないんですが、ただ黙《だま》っていてもわかってくれる存在は欲《ほ》しいなと切望したことはあります。全知全能とまでは言わないけれども、人間よりもいくらか高貴な能力を持った存在をイメージしてみると、世界が広くなるんです。

「祈《いの》り」という力

「神様」に続いてもうひとつ、「祈り」ということについてもお話ししたいと思います。私はずっと長い間、この「祈る」ということがどういうことなのか、わからなかったんです。

中学生のとき、私は英語を習いに教会に通っていました。通学路にカトリックの教会があって、そこの神父さんとおしゃべりするようになったんです。英語を習ううちに、ミサにも時々出るようになりました。カナダ人の神父さんだったんですが、日本語でミサをあげていたんですね。それでミサの最後に、英語圏《けん》の人特有の太い声と独特の抑揚《よくよう》で「祈りましょう」って言うんです。

私の母はミッション系の学校で宗教教育を受けていたせいもあって、よく「〝祈る〟のと、自分の願望を神様に〝お願いする〟のとは、まったく違うことなんだよ」と言っていました。「試験に合格しますように」ってお願いするのは私にもわかるんです。でも、「祈る」ほうは、どうしても意味がわからないの。中学のときにも、高校、大学に行ってからも、ずっと気になっていたから本を読んでみたりもするんですが、わからない。

それがあるとき、三十代の半ばくらいだったかな、「祈るってことは、魂が平安な状態でいるということなんだな」と不意にわかった気がしたんです。ある日、雲の切れ間から光が差すように、すっとわかった気がした。確かに「うまくいきますように」とか「病気がよくなりますように」という思いと似ているんだけど、それとはまったく違うなと、わかったんです。

それは、私が大人になって、いろいろなことを自分の力でできるようになったからわかったんだと思います。自分でできることと、できないこととがわかるようになったから、と言《い》い換《か》えることもできるかな。私には無理だと思っていても、誰かが助けてくれたりして「あら、できちゃったわ」ってことが起きたりする。そこには偶然《ぐうぜん》という出来事が重なっていたりするんだけど、そういう体験をひとつひとつ重ねるうちに、さまざまな生の音色のコントラストみたいに、人の世の組み合わせのようなものが見えてくるんですね。だから「祈る」ってことの意味がわかってきたんだろうと思います。

おじいさんたちがよく「なんとかなるさ」ってニコニコしながら言うじゃない。どうしてあんなふうに落ち着いた発音で言えるのかなって思っていたんだけど、そういうことをきっと知っているから、あんなトーンで静かに言えるんでしょうね。

「祈る」っていうことは「待つ」という感情に似ているな、という気がします。どうしよう、なんとかしなくっちゃって焦《あせ》っているんじゃなくて、落ち着いて何か偶然のような力が動くのをどこかで感じながら静かに待っているような感じでしょうか。

話が横へ逸《そ》れますけど「虫の居どころが悪い」なんていう慣用句があるでしょう。あれはつまり、何もかも自分に責任を負わせるのはつらいし、そんなことになったら大変だから、全部自分が悪いってことじゃなくて、虫がいることにしようっていう昔の人の知恵なんですね。例えば、「虫が好かない」「果報は寝《ね》て待て」とかね。慣用句って面白いもので、いろんなものが共同してこの世を生きているんだっていう、そういう昔の人の感じ方を教えてくれるところがあります。だから「今日は虫の居どころが悪い。虫が不適切な場所にいる。虫が移動してくれると、私の機嫌《きげん》も直る」って言えば、機嫌の悪さもすこし笑いながら、そのうち気持ちがおさまるのを待っていられるようになると思いませんか。

私の場合、祈ることの意味と、そういう慣用句の面白さがわかる時期というのも、一致《いっち》していたように思います。

中学生のときはバチをあてる神様も嫌いでしたけど、時間というのも嫌いでしたね。「今はわかってもらえなくても時間が経《た》てばわかる」「時間が解決する」といった言い方があります。自分が中学生だったときには「時間が解決する」って言われるのは、放っておけばいいって言われたような気がして、無責任だなぁって嫌でした。怒った中学生は誰にも手がつけられない（笑）。もうすぐ五十歳になろうかという年になると時間が解決するってことがあるもんだなって経験をしてきているので、時間というものを頭に置くのもひとつの考えではあると思うようになりました。学生には、「夏休みまで様子をみてみたら？」などと時間を区切って考える方法を提案したりすることはあります。

そういえば中学のときの先生が、何かで激怒《げきど》した私に「怒るのを三日待て」って言ったことがありました。「なんで？」って聞いたら「おまじないだ！」って（笑）。人は待っているときって、たいていイライラしているでしょう。うまい待ち方についてはあんまり教えてもらっていないし、訓練してきてないように思いますね。そういう「待つ」ということを教えてくれた大人のことは、すこし尊敬したなという記憶があります。

祈ったからって、どうにもならないこともあります。でも、祈りたい気持ちってあるんじゃないでしょうか。時々、祈りと時間の関係について考えたりしますけど、まだうまくお話しできるほど、まとまりのある考えに至っていません。ただ「祈り」を知っている人生は豊かであると私は思うんです。

私たちが生きている時代

弱いものを許せない風潮がある

いじめの本質には、自分が弱っているときや、みじめな気持ちのときに「いじめたい」心理が働くのだという話をしました。極端なケースとして、中高生がホームレスを襲撃《しゅうげき》した、なんていう事件が起きてしまうんだけれど、相手がひどく弱々しかったりすればするほど、イライラがつのっていくのかもしれません。そこに自己嫌悪《けんお》と対象への嫌悪が重なってしまうというような。例えば、毛の抜《ぬ》けたかわいそうな猫《ねこ》を見て、「あぁ、かわいそうに……」って抱《だ》っこして連れて帰って元気にしてあげたいなんていう気になれなくて、「オレみたいだったから、どぶに捨てた」っていうことだってあるんです。「弱い」ってことにすごく不寛容《ふかんよう》になっているんです。見たくないのに、視線が吸い寄せられてしまう。だから見たくないという心理が働いて、襲撃しようということになる。

どこかで「弱い」ってことが許されない風潮はあると思います。

世の中が強い人間ばかりだったら、と考えることがあります。力の張り合いや殴《なぐ》り合《あ》いばかりして、人類はきっと縄文《じょうもん》時代で滅《ほろ》びていたかもしれない。恐ろしく数学のできる人ばかりが世の中にいたら、みんなで計算ばかりしていて小さな小屋のひとつも建てられなかったなんてことも起きるかもしれない。

そういう想像力を働かせて世の中を見回してみると、弱いとか劣《おと》っているというのは結局、今の世の中の都合でできている尺度でしかないのかなって思います。強い者もいれば弱い者もいて、そういうバランスの中で世の中はゆっくり回っている。強い、弱いも相対的なものであり、シチュエーションに影響《えいきょう》されているものなのです。

結局人は自分が生きる時代を選べないんです。だから時代は環境なんです。だけどその環境にどう対応するかは自分で考えるしかなく、でもあまり環境に逆らわないほうがいいとも思います。時代に合わせるということではないんですよ、時代に敏感《びんかん》になって、そこでどう対応していくのか、時には流されることもあれば逆らうこともあって、そうやって考えていくのです。

不寛容な時代

私たちの生きている現代は、いろいろなことにとても不寛容な時代だと言えるかもしれません。

「寛容」って言葉はあまり耳慣れないでしょうか。寛容という言葉は「許す」とか「見逃《みのが》す」こととされているけれど、「寛」という文字には「ひろい、ゆるやかになる」っていう意味があるんです。ひろく、ゆるやかっていうのは、とても豊かなイメージを持っているものなんですね。

私の子どもの頃を思い出すと、誰かがぶらっと訪ねてくるなんてことがいっぱいあって、お茶を飲んでのんびりおしゃべりした、なんてことがすごく日常的にあった気がします。今は予定外に訪ねてこられたら、大慌《おおあわ》てするようなことが多いですね。みんなぎっしりスケジュールいっぱいの中で生活をしているから。

仕事をしていてもつくづく感じるのですが、以前はもっと人の顔を見て仕事をしていたなぁと思います。原稿《げんこう》を書く前に一度か二度は会って話をしているし、原稿ができたときにもう一度会って、さらに本ができたときにまた会う。ひとつの仕事が仕上がるまでに、編集者と少なくとも四、五回会うなんてことがざらにあったのに、メールで依頼《いらい》されて、原稿をメールで送ってしまいになるなんて珍《めずら》しくもなくなりました。

そういうことはもはや止《や》むを得《え》ないのだから、否定もしないのだけど、できたら誰かがぶらっと訪ねてきてもいい環境をつくりたいなと思っているんです。私の研究室には一階に在室を示すランプがつくようになっているんですが、ふらっと学生が上がってきて、用もないのにおしゃべりしていくなんてことが、たまにあるんですね。私もですがみんな、どこかでそういう場所を、探しているんじゃないかと思っています。

学生と話をしていても、早く正しい反応をしたい、っていう雰囲気に縛《しば》られているように感じます。自分の感じ方を確かめる間合いも持たず対応し過ぎちゃうんですね（笑）。しばらくじっと見て、もっとゆっくり味わおうとか、ゆっくり感じようっていうことがあってもいいと思うんです。

慌てて結論を出さないといけない日常を送っていると、ちょっとした違和感《いわかん》やイライラがつのって、だんだん憎しみが生まれてしまっていることがあるんじゃないかしら。たまたま愚痴《ぐち》を聞いてもらいたくて、ついあれこれこぼしたって、「結論は何、いったいどうしたいの？」なんて言われて険悪になることだって日常茶飯かもしれません。できることなら、もうすこしゆるやかな気持ちで日常を送り、人と接していきたいと思っているんですけどね。

悲しみと嘲笑《ちょうしょう》

私たちは、そういう寛容であることが苦手な、とても息苦しい時代に生きているんです。内面的な生活とか感情を無視されてしまう場合も多いですね。

例えば、「悲しみ」という感情も無視されることが多いように思います。「哀愁《あいしゅう》」なんていう表現もあったのに、今ではすっかり茶色く色あせてしまいました。

私たちの時代は忙《いそが》しさの中で、悲しみに暮れる暇《ひま》があったらビルを建てよう、生産しようと言って生きてきました。そういうポジティブさもあるけれど、悲しいことを美しく歌おう、というのもまたポジティブだと思うんですね。悲しみはどこか乗《の》り越《こ》えなくてはならない、捨てていくもの、悪いものという考え方が世の中にはあることを知っていますが、私はどちらかというと、熱く暴れる悲しみを、そっと静かに沈《しず》めて持っていて、いつかその人の大事なものになっていくというイメージを持っています。

なによりも悲しみのない世界なんて、つまらなくない？　自分の好きな人が死んでも悲しんでいられないなんて、おかしいですよね。

あと、今とても気になるのが、嘲《あざけ》るといった行為です。テレビでもよく見かけます。嘲笑っていうのは、過去の古い価値観を壊して、何か新しい未来を切り開こうとするときに使う、一種のテクニックだったんです。

嘲笑、冷笑はテクニックだと、知っててやっている人は自分の嘘《うそ》に気づいています。しかし今の嘲笑は癖《くせ》のように私には見えるのです。嘲笑の悪意さえ、あまり感じない。何か強く信じるものがあって、それを軸にして、ものを否定的にとらえたり、嘲笑するのであればよいのですが、肯定《こうてい》できるものを持たず否定ばかりを続けているように感じるのです。ある日振《ふ》り返《かえ》ったとき、自分の意見はどこにもないぞってことが起こりかねない。いつのまにかテクニックがテクニックじゃなくなって、心の中に染《し》み込《こ》んでしまうことがあるのでしょうね。

ほんとうのことを知るために

情報との接し方

よく情報過多な時代なんて言われますけれど、私たちが得られる情報というのは、テレビでも本でも雑誌、インターネットでも、たいてい偏《かたよ》った情報なんですね。ポテトチップスばかり食べている子どもみたいな状態になっているといえます。

例えばいじめの火の手が上がったとして、一般的な消火の情報はたくさん得ることはできるけれども、どうして燃えたのか、何が火元だったのかという情報については、ほとんど得られない。それで結局、誰かが自殺してしまうという事態になると「かわいそうに、なんでこんなことになったんだ」といって、学校への責任の押《お》し付《つ》けばかりになったり、いじめはあったのか、なかったのかというような情報ばかりが出てきてしまいます。そこから先の、ほんとうに問題を解決していく地道なプロセスについては、今の速報型の情報化社会では得られないことが多いのではないでしょうか。

だからといって、そういう報道をしなければいいと言ってしまうのは、すこし短絡《たんらく》的な気がします。それよりも、報道の受け止め方について考えるべきじゃないんでしょうか。ところで、テレビの一本のニュースが番組の中で何分くらいで流されていると思いますか？　かなり扱《あつか》いの大きなニュースでも、実際の放送時間は二分か三分です。同じ内容の報道を一日に四回、五回、六回と聞かされるわけだけれど、情報の内容自体にはほとんど深まりがない。

そういうことを視野に入れてニュースを見ると、なんとなく同じことを繰り返し聞かされているうちに、いつのまにか自分の考えが誘導《ゆうどう》されてしまうこともあります。同じことを何度も聞かされた場合、人はテレビのような機械ではないから、同じことは考えないものです。一回目に聞いたときと、二回目、三回目に聞いたときとでは、聞く側の考え方が違ってきます。ところがそうやって同じことを三回も聞くと、憶測《おくそく》や類推はどんどん広がるけれど、事実の確定は何もない、という奇妙《きみょう》なことが起こってくるわけです。案外そういうことに無頓着《むとんちゃく》になっているけれど、これはちょっと気をつけなければならないと思うんです。ニュースなどに触れるときは、そういう人間の考え方の癖みたいなものを、知っておくといいかもしれません。

報道に対しては、以前よりも冷ややかな目で見るようになっています。学生の意見の中に、いじめについて報道しなければいいという発言がありました。でも、日々のニュースだけを見て、そういうことを言わないでほしいなと思うんです。そうやって冷ややかになる前に、もうすこし報道に対して、うまく距離を保つ感覚を養ってほしいと思っています。カッと熱くなるとか、冷ややかになるといった二つの選択ではなく、もうすこし温かいとか、ぬるいあたりの感じ。冷えすぎない、熱すぎない、抑制《よくせい》の感覚というのかな。

知りたいことを知るためには、感情を抑制してじっくりと事実を聞き出していくという作業が必要なわけでしょう。そして、さらにその事実の報告を読み取ることが必要になります。そういうことができないと「いじめ」のような厄介《やっかい》な問題で、なおかつ、ただなくしちゃえばいいというものではない問題には、対応していけないと思うんです。

抑制された文章を読む

学生たちに近代文学を読ませると〝淡々《たんたん》と〟書かれている、という感想を言う学生が多い。

せめて「感情を抑制して書かれている」くらいのことは言ってほしいんです。感情を抑制した文章の中には、読むとものすごい感情のうねりが隠れているものなんです。

井伏鱒二《いぶせますじ》の『黒い雨』を学生と読んだことがあります。そのときこんな雲が見えて、その後でこういう音がして、こういうふうに汽車の中の人がなぎ倒《たお》されたという事実の描写《びょうしゃ》から、その向こうに、事態に慌てふためいている人々の感情を読んでほしいと私は思うのです。そこで初めて文章が読めるということになると思うのです。ただ〝淡々と〟書かれていると言って終わってしまったら、大事なことを読めなくなってしまいます。そこを読むことで、抑制された感情ってなんだろうという、考える手がかりが生まれてくると思うんです。抑制された文章というのは、広々とした大きな視野を持っている感じで、非常に見晴らしがいいものなんですね。俯瞰《ふかん》した視点を持っているというのかな。

「いじめ」の時間に、俯瞰した文章を読むのが大事だとお話ししたのは、関係性を一歩引いて事態を客観的に見られるといいと思ったからです。客観的にというより、全体像を見ようとする感覚が大事だと思うからです。

「いじめ」の問題を考えるときにほんとうに欲しいのは落ち着きや冷静さです。無理に客観視して「私も馬鹿《ばか》だけど、相手も馬鹿だと思います」と相対化してもその人は落ち着いてこないと思うし、そんなことを続けるとその人自身の感覚もマヒしてしまうでしょう。全体像を見ることは、自分をも含めて上から見ていて、私の生きた主観は「ばかやろー！」と言いたがっている、それが意識できるようになることなんです。抑制された文章を読み続けるとそういう感覚ができ上がってくるんです。

いじめの話が、抑制のきいた文章の話になってしまいましたけど、そういう文章を読むと魂って言葉を思い出します。「いのち」の時間でも言いましたけれど、成長というのは早く大きくなって役に立てというような功利主義的なところのある考え方ですけど、魂は生まれてから死ぬまで、いや死んでも残っているという考え方です。

「一寸《いっすん》の虫にも五分《ごぶ》の魂」と言いますが、どんなものにも最初から完全な魂がある。そういう、誰にでも大事にしている魂があるんだという感覚があれば、未熟だから、弱いから、足りないから、劣っているからといった、そういう物差しで人を見るものではないという感覚ができてきます。そうじゃないと、自分の存在をいとおしく思うことすらできなくなってしまいますから。

「いじめ」の時間の

おまじない

●新しいものを身につける

――魔除《まよ》けになる。たぶん。

●気が済むまで自転車をこぐ・走る・歩く・泳ぐ……etc

――逃げる、逃げる。どこまでも逃げる。ぐるぐる回って逃げる。

●人間以外の生物の名前をひとつ覚える

――人間ばかりがこの世に生きているんじゃないもの。

ショートホームルーム

SHR

大人になるということ

僕《ぼく》は、中学の頃《ころ》を「恥《は》ずかしい時代」だと思ってるんです。いろんなことが気になる時期っていうのかな。人目を気にしながら、自分のことばかり気にしている……。人から見られても恥ずかしいけど、自己存在自体が、恥ずかしい。

大きくなると恥ずかしくなくなるんじゃないかという希望を持っていたんだけど、僕はまだ恥ずかしい。中学になると、いろんな価値観ができてきて、先生の言う悪いことや親の言ういいことというのとは別に、自分の判断ができるようになるんだけど、中学のときに感じた「許せないこと」が、今でも許せない感じがするんです。つまり、中学のときにとらわれていた自分から、今でも全然逃《のが》れられていない気がする。

（モリゾー）

あっているか、まちがっているかでは足りないもの

私は中学生のとき、早く大人になりたいと願っていました。子どもなんて面白いことはすこしもないと思っていました。でも、大人になるのはそれほど難しいことではありません。時が経《た》てば、誰《だれ》だって身体《からだ》は大人になるのです。大人にならない人はいません。ただ、なかなか大人らしい気持ちになれないということはあるのです。自分の住んでいる世界を受け入れられない苛立《いらだ》たしさが、いつまでも残ってしまうということもあれば、なんでもかんでも、そう素直に受け入れていいものだろうか？　という疑問が湧《わ》くこともあるのです。学生のみなさんの話を聞いたり、自分の中学生のときのことを思い出したりしているうちに、自分がある時期しきりに「バランス」とか「塩梅《あんばい》」のことを考えていたことを思い出しました。ものごとの「バランス」や「塩梅」について考えたのは大人になってからでした。

私たちはふだんは、良いか悪いか、本当か嘘《うそ》かということを基準に判断しています。でも、バランスとか塩梅というのは、良いか悪いかでもないし、嘘か本当かでもない。それは「なんだか妥協《だきょう》的だし折衷《せっちゅう》的だなあ」と感じさせるものでした。妥協とか折衷というのは悪いことのように教えられていたので、バランスを考えたり、塩梅を考えるのは、大人のずるさかもし

れないと思ったこともありました。

で、ある日、バランスや塩梅について好意的な考え方に出会うのです。出会ったというか発見したというのか、どっちがよいのかわかりませんが、まず最初にそれについて好意的な考えがあることを発見したのは、お料理でした。

「塩加減《かげん》」と言います。塩梅はもともと梅干しを漬《つ》けるときの塩加減のことを表した言葉です。塩辛《しおから》いだけの料理がおいしくないことは言うまでもありません。甘《あま》いだけの料理もおいしくはありません。あの甘いお汁粉《しるこ》にも隠《かく》し味《あじ》として、ひとつまみだけ塩が入っています。お料理でつくり出す味はバランスがとれていなければおいしくないのです。お料理という分野は「塩梅」や「バランス」をけっして妥協的だとか、折衷だと言って非難したりしないのです。ある日、お出汁《だし》の味をみながら「そうだ！ そうだ！ お料理ではバランスがとれているのは美徳なんだ」と一人で納得《なっとく》しました。

考え込《こ》むよりも、何かしながら考えたほうがいいよと教えてくれたのは、もう誰だったか忘れてしまいましたが、小説を書き始めた頃《ころ》に人から言われた言葉です。大学生のときでした。私は何か考えだすと、ほかのことが手につかなくなる癖《くせ》があったのです。だから原稿《げんこう》の締《し》め切《き》りなんか近づくともう大変で、部屋の中はむちゃくちゃな状態になってしまいます。今でも多少そういうところはありますけど。教えてくれたのが誰だったかを忘れているのはたいへん恩知らずですけど、言った人のことはすっかり忘れて言葉だけ残っているということもあるのです。もしかしたら、大恩人のほうもそんなことを言ったのは忘れているかもしれません（笑）。何かしながら考えたほうがいいなんて、ほんとうかしら？　と半信半疑だったものの、食事の支度《したく》や部屋の掃除《そうじ》をしないと大変なことになりますから「嘘でもいいや」と何かしながらのほうがよい考えが湧くと思うことにしました。そうでないと、ゴキブリの大群の襲撃《しゅうげき》を受けることになったりするので。実際、ものすごい数のゴキブリ退治に大騒《おおさわ》ぎになったこともありました。で、ゴキブリを退治しながら、つまり何かしながら、考えるとこれがなかなか具合がよいのです。じっと座り込んで考えているよりも、ぱっとひらめくときがあることに気づきました。ほんとうはゴキブリ退治よりも、散歩をしながらぱっとひらめくというほうが優雅《ゆうが》でいいなあと、あこがれたこともあるんですけど、なかなか散歩の時間はとれないんです。で、「バランス」や「塩梅」についてもお料理をしながらひらめいたのです。

お料理の味がバランスを美徳にしているのに気づくと、子どものときから好きで読んできた詩や小説もはっきりした善悪とか真偽《しんぎ》が書かれていては、ちっとも面白くなくて、やっぱりそこには「バランス」があることに思い当たりました。もちろん、自分で小説を書くときは無意識のうちにバランスを考えているのですが、とりたてて「バランス」の意味なんてふだんは考えませんから、そういうふうにして気づいたのです。

学校では善悪・真偽についてよく教えています。学生たちは真偽については非常に神経をつかって、あっているか、間違《まちが》っているかということに敏感《びんかん》です。試験勉強のせいもありますけど。時には「あっているか、間違っているか」の判断に怯《おび》えさえも持っている学生を見つけることもあります。自分の中学時代を振《ふ》り返《かえ》っても、いつも「何が正しいのか」考えていたような気がします。けれども、「バランス」という美徳は真偽の判断にも善悪の判断にも属していない。じゃあ、なんだろうと考えたときにものごとの判断基準には、善悪・真偽のほかに、美しいか醜《みにく》いかという三つ目の鍵《かぎ》があるんだと気がついたというか。なんて言ったらいいのかな「そうだ!」と手をポンと打つような感じでした（笑）。「バランス」は美醜《びしゅう》の判断に属しています。

私が通った中学校の教室にも「真・善・美」って書いた額があったような……もう記憶《きおく》がおぼろげですけど、そんな気がします。が、中学校の教室で見る「美」っていう字はなんだか掃除のことを言われているような気がしました。「校内美化」とか「整理整頓《せいとん》」なんて字も書いてありましたから（笑）。それから「美」っていうと、高尚《こうしょう》な音楽とか、偉大《いだい》な絵画芸術とかがすぐに頭に浮《う》かんで、日常的に人と議論するときの妥協の仕方なんてものは浮かんできませんでしょう。お料理になるとちょっと「美」に近づくのかしら？ 詩だともうすこし「美」のイメージを引き寄せられるかもしれませんね。まあ、中学校の教室の黒板の上に掲《かか》げられていた「真・善・美」の最後の「美」ってものの意味を、卒業して三十年も経ってから、ああ、そんな意味だったのかとようやく納得したわけです。もしいい先生がいて教えてくださってても「何言っているんだか」と右から左に聞き流しちゃったかもしれません。言われてもわからなくっても、ぐるぐる回っているうちにだんだんわかってくるってことがあるものです。

それでにやりとしたんですが、中学生くらいになると、たいていの人が「格好いい」とか「格好悪い」っていう判断にこだわり始めます。あれはプライドの問題だと思っていたけど、どうも美的な感覚の訓練を始めていると見ることもできそうです。そうやって判断しながら、真偽や善悪では判断できないものに興味を持ち始め、美しいものを発見する感覚が養われてくるんでしょう。美しいか醜いか、〝美醜の判断〟はものごとを考えるときの重要な要素です。そんなことをわざわざ言わなくても、中学生くらいになれば、おしゃれに気をつかったりして、自然にその感覚を身につけてくるんです。それから、ギターを弾《ひ》いて歌を歌ったり、スケッチブックを抱《かか》えて絵を描《か》いたりするようになるでしょう。私が中学生のときは、おしゃれに気をつかうようになると「色気づいている」なんて悪口を言われましたし、ギターを抱えて歌を歌いだすと先生に「アリとキリギリス」の話をされたりしました（笑）。今はちょっと違うみたいです。学生が書く小説を読んでいると、お父さんと一緒《いっしょ》に駅前でライブをやったとか、お母さんと一緒に買い物に行ってシャツを選んだとか、そういう話が出てきます。もちろん「美醜」についての実際的な感覚を養ったり訓練したりしているなんて意図しているわけではありません。でも親子で大事なことをしているんだという意識はちゃんとあります。世の中、悪い方向にばかり変わっているんじゃないんだなと思います。ひとつの事柄《ことがら》でも、いくつもの見方ができるから、ギターを抱えた中学生をつかまえて「アリとキリギリス」の話をしてくれた先生の見方だと「万事に勤勉さが失われて華美《かび》になっている」ということになってしまうかもしれませんけど、そういう見方もできますね。ただ正直に言うと、私が中学生の頃って、なんであんなに「真・善・美」のうちの「美」へ関心が欠落したままだったのかな? って不思議で仕方がありません。「美」なんて贅沢《ぜいたく》だと言われるような時代に育ってきた大人たちが多かったのでしょう。大人が子どもに教えてやれることってすこしずつ時代がずれるのは仕方がないことです。

それで思い出したのは、私の弟が中学校の修学旅行で日光へ行ったときのことです。修学旅行から帰ってきた日に徳川家康《とくがわいえやす》の「過ぎたるは及《およ》ばざるが如《ごと》し」って言葉にひどく感心していました。大学生になって哲学《てつがく》の単位を落としそうになったときにも「僕《ぼく》は、〝過ぎたるは及ばざるが如し〟のひとつで、哲学は足りちゃっているからなぁ」なんてぼやいていました。それじゃあ、哲学の単位は取れないんですけど（笑）。

哲学の単位はなんとか取得したみたいです。中学の修学旅行で出会った文句をずっと覚えているなんて、よっぽど印象的だったのでしょう。それだけ、うちは何事にもやり過ぎる、怒《おこ》り過ぎる家だったのかもしれませんけど（笑）。きっと徳川家康の時代も極端《きょくたん》にものごとを「やり過ぎる」人が多かったのでしょうね。それで困った家康さんは、そういう教訓を残したのでしょう。よほど困らなくちゃこんな名文句は思いつきませんもの。

織田信長《おだのぶなが》、豊臣秀吉《とよとみひでよし》、それから徳川家康の三人はよく比べられますが、織田信長は何事も徹底的《てっていてき》にやるタイプだし、豊臣秀吉はこれでもかこれでもかというくらいに過剰《かじょう》なほど豪華《ごうか》なものが好きだったことを考えると、徳川家康が、信長の真似《まね》をするミニ信長や秀吉の真似をするミニ秀吉に悩《なや》まされたのは容易に想像することができます。だから、これからはやり過ぎないという「バランスが大事なんだよ」って家康さんは言わなくちゃならなかったのでしょう。四百年も経ってから中学生を感心させるなんて思わなかったでしょうけど。家康は長い戦国時代を終わらせた人ですけど、戦争って何かを「やり過ぎる」っていう後遺症《こういしょう》を残すのかもしれませんね。もちろん、徳川家康の終わらせた戦国時代の戦争と近代戦争では悲惨《ひさん》さがぜんぜん違うんですけど、人間の精神に残る後遺症って、戦法や兵器の変化ほど激しくはないのかもしれません。

よく学校がきれいになったと言われます。大学に限らずどこの学校も新しい校舎に建《た》て替《か》えてきれいになりました。大学もきれいになったから、昔の大学を知っている人にはなんか大学らしくないって言われます。張り紙もビラもなくなりましたから。在校している学生はこういうきれいな学校のほうが好ましいみたいです。私たちの感覚だと、学校ってすこし古びていて地味な感じのほうが歴史を感じるし、重厚《じゅうこう》で落ち着きがあると感じるんですけどね。

それから東京の街もいっせいに再開発されて、すっかり新しい高層ビルが建ち並ぶ街になってきました。私が高校生くらいの頃は、まだ昭和三十年代の面影《おもかげ》がずいぶん残っていたんです。時々、昭和三十年代から四十年代がいかに活力に満ちた時代だったかという話を聞きます。私の年代ぐらいまでは、そういう活力にあふれた時代の幻《まぼろし》を、古びた街並みに重ねて見ることができるんです。子どもの頃に街の活気を知っているから。それから、大学に入ってすぐに「群像」の新人賞をもらったので、結構いいところに連れて行ってもらいました。帝国ホテルとか、そういうところ（笑）。ふつうの学生じゃ行かないようなところに連れて行ってもらったから、自分の目で見て知っているんです。まだ有楽町に日劇があって、その隣《となり》のビルの一階で朝日新聞社の輪転機《りんてんき》が回っていたりしました。ですから想像することはできるんですけど、一九八〇年代に入るとさすがにビルも老朽《ろうきゅう》化してきて、ただ戦争に負けたあとの、なんと言うのかな、急場しのぎの街並みが汚《きたな》く古びただけに見えたのでしょうね。そういうことって話してもわかるってものじゃありませんから。

いや、わかってもらいたいと思っていません。すこしだけ過去とのつながりが薄《うす》過ぎるんじゃないかな？　悪いことだとは思っていません。街を再開発してどんどんきれいにするのは、という疑問は持っていますけど。そういうきれいな街並みやきれいになった学校に見合った、それこそ「格好のよい」態度とか感覚を育ててもらいたいなあと思っています。

この本では、ちょっと忘れられていたり、なんとなく恥《は》ずかしくて持ち出せなくなっている言葉をあえていくつか持ち出してみました。「いのち」の時間で担《かつ》ぎ出《だ》した「名誉《めいよ》」なんて言葉もそのひとつです。ゼミ生が面食らっていましたでしょ（笑）。「美」もそうですね。たぶんバランスや塩梅について、妥協じゃないのかとか卑怯《ひきょう》じゃないのかなんて悩んだところから話しださずに、いきなり「美」って言うと面食らったかもしれません。あ、「卑怯」もこのごろ聞かなくなった言葉ですね。「飛び道具とは卑怯なり」って台詞《せりふ》を知っていますか？　って学生に聞いたら、そもそもその台詞が出てくる大佛次郎《おさらぎじろう》の『鞍馬天狗《くらまてんぐ》』を知らなかったの。それで「飛び道具って飛行機ですか？」と聞かれました（笑）。飛行機じゃなくて、刀の闘《たたか》いにピストルを持ち出すことを言っているんですけど。卑怯も聞かなくなりました。あと「芸術」ですか。学生はどう思っているのか聞いてみたことがありませんけど、私はどういうわけか「芸術」っていう言葉をつかうときにはちょっと顔が赤くなるのを我慢《がまん》しなくちゃなりません。どうしてなのか、よくよく考えたことはないんですけど、たぶん「美」ってものに関心が薄い時代に中学校、高校の教育を受けたことが関係しているんじゃないかなと思っています。

よく「価値観が失われた」と言われますけど、それは言い過ぎなんじゃないかと思っています。「過ぎたるは及ばざるが如し」ですね。忘れている言葉とか、あまりつかわなくなった言葉とか、それからつかうと顔が赤くなる言葉なんかを取り出して自分の体験と重ねて考えてみると価値観の変化とか、新しく育ってきている価値観とか、そういうものがわかってくることがあります。

それから、何かを考えるときは機嫌《きげん》よくすることです。考えるだけでなくて、機嫌をよくしておくっていうのは、忘れちゃいけないことなんだと思うようになりました。私が中学生の頃の大人は不機嫌でしたね。なんであんなに不機嫌だったのだろうって思うくらい。理由ですか？いろいろ調べてみたら、面白いことがいくつかわかってきましたけど。近代文学の歴史を眺《なが》めていると純粋《じゅんすい》病とか深刻病なんてものがあるんです。それを話しだすと止まらなくなっちゃうからやめておきましょう。で、大人は不機嫌で当たり前だと思っていたら、違うのです。大人っていうのは機嫌がいいもので、機嫌をよくするための手立てをよく知っているものだというのは、誰から教えられたのかな？　あんまり覚えはないんです。あえて言えば、大学生の時から原稿料をもらって原稿を書いていたから社交的な場所によく連れて行ったもらったからかしら。そういう場所のちょっとしたやり取りで、ものごとを面白く受け止めるというやり方や、とりなすって感覚は覚えました。それが大人なんだなあと思ったりね。

機嫌よく振《ふ》る舞《ま》う人たちのところには、よい考えや気持ちのよい行いが集まってくるんです。「美」の感覚って、善悪の判断や真偽の判断みたいになかなか言葉じゃ教えてもらえないものですね。だって、そもそもそれは快適だったり愉快《ゆかい》だったりしなくちゃわからないもので、快適な状態とか愉快な経験って言葉だけじゃあ、教えてもらったことにならないでしょう。自分で経験してみないとわからないことだから。で、不機嫌にしていると快適じゃないし、愉快でもないから、「真・善・美」のうちの「美」の感覚から遠くなっちゃうんだと思います。

本を読む話　世界に出会う話

大人になりたいと思っていましたけど、どんな大人になりたいかは正直言って、あまり考えていませんでした。私の周囲では「半人前」とか「数のうちに入らない」とか「子どもはひっこんでろ」なんて罵倒語《ばとう》が飛び交《とか》ってましたから（笑）。私が言われたというよりも、わりにそう言われている場面によく出くわしたんです。そんなのをしょっちゅう聞かされていたらいやでも早く大人になりたいと思うようになりますよ（笑）。

あと大人になったら、本ばかり読む仕事につきたいなあと思っていました。まじめに図書館情報大学を受けてみようかと思ったこともあります。でも、本ばかり読む仕事につくのは無理だろうなって諦《あきら》めてもいました。なぜってそんな仕事が世の中にあるわけがないって思っていたから。そうそう、早く大人になりたかった理由のひとつには、大人の本を読みたいっていうのがありました。大人の本って、意味はいろいろです（笑）。

中学生は世界と出会うときなんだと言いました。私の場合はそれが年齢《ねんれい》よりすこし早くて父が亡くなったときだった話もしました。で、その世界との出会い方ですけど、半分くらいはいろんなことを経験して出会ってきたけれど、あとの半分ぐらいは本を読むことで出会ってきたんじゃないかと思います。

大人の本に手を伸《の》ばしたのは偶然《ぐうぜん》だったんです。父の葬式《そうしき》のあと、母方の祖父母の家にいて、何もすることがないので、その家にあった本を読みました。ちょうど、NHKが大河ドラマで海音寺《かいおんじ》潮五郎《ちょうごろう》の「天と地と」を放送していたときだったので、『天と地と』の上中下の三巻本があったんです。で、それを黙々《もくもく》と読んでいました。大人用の本ですから、小学校五年生には読めない漢字もありますよ。そんなのぜんぜん気になりませんでした。読めない漢字は飛ばしちゃいました。意味がわからないなんていうのもどうでもいいことでした。読んでいるということがすごく楽しいんです。

あとから考えたことですけど、もしかするとその時、祖父母の家に子どもの本があっても読まなかったかもしれませんね。葬式が終わって自分の家に帰ってきて、近くの図書館から借りてきたのは中学生向けの読書感想文コンクールの課題図書で、ショパンの評伝『祖国へのマズルカ』でしたから。子どもっぽいものは読みたくなかったんじゃないでしょうか。それから叔母《おば》が何か買ってくれるというので、詩集が欲《ほ》しいと言ったんです。私はそのとき、岩波文庫を考えていたんです。岩波文庫に詩人のアンソロジーがいくつも入っているから、あれが欲しいと思っていました。要するに詩が好きだったんじゃなくて、岩波文庫が欲しかったの。詩集だったら、字が少ないから読み通せると。笑っては困ります、これ冗談《じょうだん》じゃなくて本気でそう思っていたんです。意味なんてわからなくてもぜんぜんよかったから。

叔母は詩集って聞いて困ったみたいです。まさか岩波文庫をイメージしているなんて思わなかったでしょうから。それで、サトウハチローの『おかあさん』という詩集と、みついふたばこ編のアンソロジーを買ってくれたんです。

サトウハチローの詩集は私にとっても詩集にとっても不幸でした。その頃、地元の信用金庫でサトウハチローの詩が焼きつけてあるお皿を毎月一枚ずつ配っていたんです。お皿に書いてある文字としていやというほど見ていた詩がいちばん先に目に飛び込んできちゃったの。「あ、いやだ」って、早く大人の本が読みたいと思っている小学校五年生としては、いっぺんにそう思っちゃいました。戸棚《とだな》に重なっているお皿の詩なんて読みたくない！　でした（笑）。みついふたばこのアンソロジーはよい本でした。翻訳《ほんやく》も含《ふく》めて有名な詩はたいてい載《の》っていました。子ども用のアンソロジーだったから、こんなお子様向けの詩集をあげても誇《ほこ》り高い小学校五年生は喜ばないだろうって、叔母は配慮《はいりょ》してサトウハチローの詩集も買ってくれたのかもしれませんけど、結果は反対になっちゃったんです。みついふたばこのアンソロジーは子どもでもわかりそうな詩を選んでましたけど、そんなに易しいものばかりじゃなかったと思います。

今はもう手許《てもと》にありません。子どものときに住んでいた家を取り壊《こわ》すのと一緒に潰《つぶ》しちゃったんじゃないかな。時々、おしいことをしたと思い出すことはあります。あのアンソロジーをもう一度読んでみたいから。でも、そこは子どもで、どこの出版社のものなのかもタイトルも覚えていないのです。みついふたばこは「変な名前だなあ」っていうので記憶しました。みついふたばこさんの仕事を丁寧《ていねい》に調べれば、どのアンソロジーなのかわかって古本屋さんで捜《さが》すことはできるかもしれませんね。

詩を読み始めたのはそのアンソロジーが最初です。

中学校へ入ると念願の岩波文庫で高村光太郎《たかむらこうたろう》の詩集を自分で買って読んだりしていましたね。好きか嫌《きら》いかで言えば、中学三年生のときに室生犀星《むろうさいせい》のアンソロジーに収録されていた『抒情《じょじょう》小曲集』なんかは、とても気に入って読んでいました。集英社の赤い日本文学全集の一冊です。犀星の詩も小説も入っているアンソロジーです。犀星の詩の〝明るく冷たく寂《さび》しい〟抒情性にはすごく魅力《みりょく》を感じました。暗くて冷たいのではなくて、明るいんです。それで透明感《とうめいかん》があるの。

「詩」は人間の喜怒哀楽《きどあいらく》の感情、時には憎悪《ぞうお》や嫉妬《しっと》といった善悪の判断が難しいとされるものも、美しい歌にして歌ってしまうところがあります。「詩」っていうのは、人間の感情について善悪を判断したり真偽を問いかけたりしないで、全部、聞いて面白く、心を揺《ゆ》さぶる歌にしてしまうんです。生々しい感情だと受け付けなくても詩になっていると受け付けられるようになる。だから詩も「美」ってものと深く結びついているのでしょう。「詩」はもっと読んでもらいたいと思います。このごろの学生はあんまり「詩」を読んでいる人は知りませんけど、短歌とか俳句とかをやっている人はかなりいます。短いし、定型があるから勉強しやすいって説明されましたけど、そういう利点のほかに、豊かで複雑な社会で生きていくためには、自分の感情を他の人に伝えやすい形に加工する必要を肌《はだ》で感じているのかもしれませんね。

また「美」という話に戻《もど》ってしまいますけど、「美」は昔から扱《あつか》いにくいものとされてきました。楽しみと結びついていることが多いし、寂しさや孤立《こりつ》も美しさに結びつくし、時には悪とも結びついたり、嘘と結びつくこともあります。なにしろ、「美」は善悪や真偽とは別の判断だから、とても危険なところを持っているんです。「毒がある」なんて言い方もしました。「美しい薔薇《ばら》には棘《とげ》がある」なんていうのもありました。だからこそ、美は魅力的で、人はひかれるんですね。

善悪の判断から言えば持たないほうがよいとわかっている感情があります。例えば、嫉妬や人を憎《にく》んだりってことはしないほうがいいのかもしれません。そこが人間の不思議なところで、嫉妬心を持たない人は競争心も持たなくて、競争心を持たない人は倦怠《けんたい》につかまりやすいし、人類がみんな倦怠感に包まれてしまったら、明日にも地球は滅《ほろ》びてしまうかもしれない。コンプレックスだって、それがあるから、自分の何か別の能力を見出そうと工夫するわけでしょ。私たちの心に浮《ふ》かぶ感情で、要《い》らないものはないんじゃないかと思うんです。詩は、そういった、いわゆる負の感情のようなものまでも歌い上げてしまう。そこが詩の魅力なんです。小説もそういう要素はたくさん持っているけれど、詩のほうが一足飛びに酔《よ》わせてしまう気魄《きはく》があります。

そうは言っても、どんなに有名な詩人の「詩」でも、どんなに素晴らしい「絵」だとしても、それを見て感情が動かなくては、「美」を体験したことにはならないんです。自分の感情が動いて、初めて「美」を体験することができるんです。「美」は「知識」のように教えられるものではなくて、体験して自分で発見していくしかないものなんです。

そこも「美」のやっかいなところですね。いや、教えられないってことはないのです。これが美しいって教えることはできるんですが、教えられたことをそのままおうむ返しに答えただけだと、教わったことにならないというところが難しいんです。心の動きという経験を経ていないと、わかったとは言えないから。あと学校の先生には、よく「突然《とつぜん》何かがよくできるということはない、日頃の練習の積み重ねが大事だ」って言われましたけど、「美」に関するものって、突然、わかることがあるんです。天から降ってくるみたいに。インスピレーションって言いますけど。そこもやっかいですね。文芸創作を勉強している学生にはちゃんと勉強しているとインスピレーションが降ってくる確率は高くなるんだって説明しています。でも、個人的な実感で言えば、勉強して出てくるインスピレーションって地から湧いてくるっていう感じで、天から降ってくるとか、雷《かみなり》に打たれるみたいな感じのヤツがあって、天から降ってくるほうは勉強しても駄目《だめ》みたいな気がします。これはロマンチックすぎる考えかもしれません。世の中教えられることばかりじゃ、つまりませんから、それでいいんじゃないでしょうか。

本の話に戻りましょう。中学生の頃になるともう大人の本が読めるようになりました。それで世界と出会うのに、半分は自分の体験で、半分は本を読むことで世界と出会ってきたと思います。私は本を読むことで世界と出会ったんですけど、それが音楽だったり理科の実験だったりする人もいるでしょうね。

大人になるプロセスを聞いてみよう

大人になる道は一筋ではないんです。また他人が歩いてきた道筋とまったく同じように歩くこともけっしてできない。人の足跡《あしあと》をたどっていってたら、それがとても遠回りだったということもあります。地図で見ると、明らかに直登のほうが距離《きょり》は短いけど、実際には尾根づたいに登ったほうがラクだったんだなと、あとから思うこともある。それは、あとで振り返ってはじめてわかることなんです。

そういう人が歩いてきた道のこと、人がどうやって大人になってきたかという話を聞くのは面白いものだなということを、この本で知ってもらえたらいいと思っています。

プロセスを聞くということが大事なのです。プロセスを聞ける誰か身近な人が、きっといるんじゃないかな。それは、お父さんやお母さんのような一世代前の人でもいいし、お兄ちゃんお姉ちゃんの友だちでもいいし、教育実習に来ている大学生でもいいでしょう——誰かそういう身近な人に、どういう中学生だったのか、聞いてみてほしいのです。

わざわざとりたてて誰かに「中学時代はどうでしたか」と聞かなくても、クラブ活動をしている人なら、先輩《せんぱい》が時々やってきて、ひとしきり説教したりしながら、自分たちのときはどうだった、こうだったという話をしてくれているかもしれません。案外、そういう自然な流れの中で聞いているものでもあるのです。ただ、そこをもうすこし意識的に聞いてみるといいのではないかという気がします。

そしてできれば、中学生くらいから自分のなりたい大人のイメージをすこしずつ育ててほしいのです。ネガティブに「こういう大人になりたくない」といった否定形のイメージばかりではなく、「こういう大人になりたい」というポジティブなイメージを育てることができるなら、ぜひ育ててほしいと思います。どんなことでもいいのです。こんな服を着て、こんなバッグを持って、ヒールの高い靴《くつ》の似合う人になりたい、といったものでもかまわないのです。何か、具体的なイメージを持つといいでしょう。

いつも大人でいるわけじゃない

大人になるってことは、私にとって、気持ちのいいことでした。で、今はおばあさんになっていくのがとても楽しい（笑）。私は今、おばあさんの見習い期間なんですね。早く眼鏡《めがね》をずらしてじろりとにらみながら、ぶつぶつ文句を言ってみたいですね（笑）。何歳《さい》になったから大人になった！　ということはないんです。例えば、不愉快なことも我慢できるのが大人なんだと思うんですね。それで上手な我慢の仕方があるんだぞといろいろ工夫して、前よりは上手に我慢もできるようになったかな、と自分では思っています。やせ我慢とか、我慢にもいろいろあるじゃない。楽しく我慢する方法をあれこれ考えながら今も練習しているんです。ある程度の年齢に達して、いろんなことにきちんと対処できるようになったからといって、それで大人完成！　ってわけじゃないんです。

そのあとがどうもあるらしいようです（笑）。時には子どものようにわからず屋になったりわがままを言ったり、そうかと思うと途方《とほう》に暮れて惚《ほう》けてしまうこともあって、そうなると大人でいるのが嫌《いや》になっちゃう。さあ、どうする？　ってね。ずっと大人らしく落ち着いて振る舞えるってわけじゃないんです。時々、世の中には、大人っぽい子どもと子どもっぽい大人のほうが、子どもらしい子どもや、ものに動じない大人の数よりも多いんじゃないかと密《ひそ》かに疑っているくらいです。そのうちにどうして子どもは大人っぽくなり、大人は子どもっぽくなるのかっていう話をしましょう。

この本のために協力してくれた法政《ほうせい》大学文学部日本文学科の中沢《なかざわ》ゼミ二〇〇六年度卒業生と日本大学藝術《げいじゅつ》学部の二〇〇五年度卒業生に感謝します。みなさん、それぞれ社会に出て「大人は風邪《かぜ》をひくし、子ども以上に頑固《がんこ》で依怙地《いこじ》だ」ということも実感なさっていると思います。もしひまがあったら今度は「困った大人の話」というのを聞かせに学校のほうへ遊びに来てください。それから、私の谷間の時代、あまりよく思い出せない中学生時代の話を引き出すことに協力していただいたライターの好地理恵さん、メディアパルの近藤恵美子さん、それにこの本をつくることを勧《すす》めてくださった佐川二亮さんにお礼申し上げます。

読者のみなさん、それぞれの章のおわりにつけたおまじないはよく効《き》くと思います。どれもみんな多少の効果があったおまじないばかりで実験済みです。もし効果がそれほどあがらなくても、そこは、おまじないなんだからしょうがないと許してください。

ご協力いただいた〝中沢ゼミ〟メンバー

小澤麻梨子
清水信秀
菅原羽純
橘上
虎田真利佳
中原英里
長尾暁
名古屋拓甫
早坂奏子
森安範　（五十音順）

中沢けい　なかざわけい

一九五九年神奈川県生まれ。明治大学政治経済学部卒。作家・法政大学教授。

一九七八年「海を感じる時」で群像新人賞、八五年「水平線上にて」で野間文芸新人賞受賞。

『女ともだち』『楽隊のうさぎ』『うさぎとトランペット』『月の桂』『豊海と育海の物語』『人生の細部』等著書多数。

公式ＨＰ「豆畑の友」 http://www.k-nakazawa.com/

大人になるヒント

二〇〇八年十月七日　初版第一刷発行
二〇一五年三月一日　初版第三刷発行

著者　中沢けい

発行者　小宮秀之
発行所　株式会社メディアパル
〒一六二－〇八一三 東京都新宿区東五軒町六－二一
電話 〇三－五二六一－一一七一
FAX 〇三－三二三五－四六四五
URL http://www.mediapal.co.jp

編集協力　好地理恵

印刷・製本　中央精版印刷株式会社

ISBN978-4-89610-079-2